# Tres novelas exóticas

# Rodrigo Rey Rosa

# Tres novelas exóticas

**Tres novelas exóticas**

Primera edición en España: noviembre de 2015
Primera edición en México: febrero de 2016

Penguin
Random House
Grupo Editorial

# Índice

# Tres novelas exóticas[*]

Escribí *Lo que soñó Sebastián* en 1993, en Tánger, recién llegado de Guatemala, donde había pasado una larga temporada recorriendo lo que entonces era la selva del Petén y el cauce del río La Pasión y sus afluentes, el lugar donde se desarrolla la acción. El escenario ha cambiado tanto que los acontecimientos —muchos de ellos oídos en conversaciones de sobremesa en albergues selváticos— hoy serían inimaginables. Donde entonces hubo una selva más o menos virgen ahora se extienden potreros de ganado para carne y plantaciones de caña de azúcar y palma africana. (Este año los derrames de materia tóxica de una vasta plantación de palma aniquilaron la fauna acuática de La Pasión a lo largo de ciento cincuenta kilómetros, y trastornaron las vidas de miles de familias que dependían del río y ahora dependen de la ayuda humanitaria.) La flora y la fauna originales han desaparecido casi por completo, y con ellas los cazadores tradicionales que vivían del tráfico de carne, pieles y crías de animales exóticos. Tanto los cazadores como los animales y sus raros defensores eran parte de la trama. Sea como fuere, ahora me parece que lo más notable de esta narración silvestre y vagamente elegíaca es que haya llegado a convertirse en libro y luego en película.

Los periplos del colombiano protagonista de *La orilla africana* están dirigidos por una suerte de nostalgia

* Las novelas escritas por guatemaltecos son, por definición, exóticas. Las novelas guatemaltecas ambientadas en la selva del Petén, en África del Norte o en el sur de la India pueden no tener el encanto de lo extraño, pero deben llamarse, en rigor, exóticas.

anticipada. No me propuse situar ningún relato en Tánger hasta cuando creí saber que iba a ausentarme de la ciudad, tal vez para siempre, casi veinte años después de visitarla por primera vez. El tiempo que tardé en escribirlo —dos o tres meses— me conté como el guatemalteco más afortunado a todo lo largo de la costa norteafricana.

*El tren a Travancore*, escrito por encargo para una colección finisecular de narrativa de viaje, es un ensayo picaresco epistolar del que me siento quizá injustificadamente satisfecho. Igual que el pícaro que escribe los *e-mails* indios, en el año 2000 yo viví algunos meses en Chennai, en el sur de la India, alojado en el *ashram* de la Sociedad Teosófica, fundada en 1875 por la formidable madame Blavatsky, donde ingresé haciéndome pasar por el biógrafo de María Cruz, teósofa y poeta guatemalteca que vivió allí a principios del siglo xx. Hace unos años me di a la tarea de traducir un volumen de la correspondencia india de mi compatriota, *Lettres de l'Inde* (Évreux, 1916); quizá en consecuencia mi *karma* quede limpio de ese pecado de impostura.

R. R. R.

# Lo que soñó Sebastián

*A Blanca Nieto*

# I

La muchacha era menuda y nerviosa. Hablaba español con acento francés y su tema favorito eran los libros. Sebastián estaba interesado en ella, pero desde el principio se había dicho a sí mismo que esta mujer no era para él. Por un ventanal de vidrio con letras rojas que se leían al revés, se veía la oscura lluvia huracanada que comenzaba a caer.

—¿Miedo? ¿Por qué?

—Por lo que me dices, la casa está muy aislada.

—Un poco, sí. Pero al lado hay una posada. Voy allí cuando me canso de la comida de mi cocinero, o cuando quiero una cerveza o un cigarro, o solamente conversación. A veces puedes cansarte de estar solo.

La muchacha se sonrió, como diciendo: «Ya lo creo».

—Te gustaría el lugar. En mi casa hay sitio, si quieres visitarme, y si no puedes ir a la posada. La comida es excelente, y las cabañas que tienen son verdaderas lecciones de ebanistería. Ningún clavo. Mi casa está inspirada en algunas ideas que vi aplicadas allí. Se trata de hacer todo lo posible por que, estando dentro, te sientas fuera.

La muchacha miraba fijamente el poso de su taza de café.

—Me gustaría ir, algún día.

Sebastián se volvió para mirar el tránsito de la avenida bajo la lluvia; recordó cómo la brisa de la laguna hacía sonar las palmas del techo de su casa y entraba por las ventanas sin cristales para circular por su habitación. «Jamás vendrá», pensó.

—¿Y te vas a la tarde?

—Sí. —No le gustaba la idea de volar con este tiempo.

La camarera les llevó la cuenta, y Sebastián se apresuró a pagar.

—¿Esperamos a que pase la lluvia? —sugirió la muchacha, y encendió un cigarrillo.

—Otro café para mí —pidió Sebastián.

Al otro día, al abrir los ojos y recordar dónde estaba, al extender la mirada todavía adormecida por el cuarto, a través de las paredes transparentes de su mosquitera, Sebastián había decidido recorrer de un extremo a otro su nueva propiedad. Apartando el velo para levantarse, con la resolución tomada, pensó: «He cometido una locura». La tierra que acababa de comprar al otro lado de la laguna era mitad pantano, de modo que en tiempo de lluvia lo que tendría sería una pequeña isla, una isla rodeada de tintales cuya parte más alta, poblada de viejos y altos árboles, servía de refugio a una fantástica variedad de animales.

El corto trayecto en lancha hasta la Ensenada terminó de despertarlo. El aire fresco de la mañana, los colores, la sensación de desplazarse sobre el agua, incluso el parejo ruido del pequeño motor, le alegraban; y sin embargo tuvo el presentimiento de que este día no sería del todo placentero. Redujo la velocidad, y la lanchita de aluminio alzó la punta. La hizo virar para seguir por un angosto y sinuoso arroyo entre los zarzales en flor. No era fácil distinguir la realidad —las ramas entreveradas— de su claro reflejo en el agua. Ahora, el arroyo describía sus eses más pronunciadas, y las suaves olas levantadas por la lancha ya estaban allí, meciendo los arbustos en las orillas, cuando ésta doblaba el próximo recodo. Un pato negro, asustado, alzó el vuelo; parecía que corría sobre el agua dando ásperos graznidos.

Sebastián llegó a la Ensenada, donde terminaban los zarzales, y atracó en la orilla de barro. Allí, atado a unas raíces que brotaban de la tierra, estaba el pequeño cayuco de palonegro de Juventino. Juventino estaba unos metros más arriba, acuclillado bajo un cedro, en el cual tenía apoyado un viejo fusil. Fumaba un cigarrillo.

—Te oí venir —le dijo a Sebastián, y echó el humo a los mosquitos que volaban alrededor de su cabeza.

Sebastián subió la pendiente con los ojos clavados en el fusil. Juventino, lentamente, se puso de pie.

—He venido a cazar —dijo—. Iba para tu casa, a pedirte permiso. Me contaron que ahora también esta tierra es tuya.

—Es verdad. Ya sabes que no le doy permiso a nadie. Nadie caza aquí.

Juventino tomó su fusil y se lo puso al hombro.

—Eso no es verdad. ¡Aquí caza todo el mundo! —se rió—. Los Cajal cazan aquí sin tu permiso, pero como yo soy tu amigo tendré que irme un poco más allá. Pero si ellos les cortan el paso aquí, los animales nunca llegarán a donde yo puedo esperarlos. Vienen aquí, porque por aquí se pasa al agua. Si los atalayan, se van a meter por los zarzales —indicó con la cabeza el extenso bajo al este de la Ensenada— y de allí no los saca ni Dios.

—Mejor para ellos —dijo Sebastián—. Lo siento, pero no quiero que caces aquí, Juventino.

—Está bien. Somos amigos. —En la orilla había un gran árbol tumbado y sumergido a medias en el agua oscura—. Mire, don Sebastián. Esa madera. Es pucté; muy dura. Está desperdiciada. Si se queda allí mucho tiempo, se va a picar.

Sebastián hizo un gesto de conformidad.

—Si querés, aprovechala vos.

—Mañana vengo por ella —respondió Juventino, muy agradecido—. ¿Qué andás haciendo a estas horas por aquí? Me habías dicho que sólo en tus cuadernos te gustaba trabajar por la mañana.

—Vine a pasear. Todavía no conozco bien mi propiedad. Quería ir al ojo de agua, que está cerca del otro lindero. No conozco el camino.

—Si querés te lo enseño.

Empezaron a caminar; Juventino iba delante por el angosto sendero que culebreaba entre el bosque de palmas; palmas muy jóvenes, que aún no tenían tronco y que brotaban del suelo de hojas podridas y parecían las plumas nuevas de un monstruoso animal, o palmas adultas con hojas como enormes sombrillas, y palmas de lancetillo, con delgados troncos erizados de largas espinas. El aire olía a clorofila y a humedad. El agua destilaba de todas las hojas, de las gruesas lianas, de los xates, de los hongos de distintos colores que crecían en el suelo o en los troncos de los árboles. Después de andar quince minutos, aunque iban despacio, los dos estaban empapados en sudor.

—Mirá, mirá, los micos. —Juventino se detuvo de repente y se agachó para observarlos; varias ramas se movían en lo alto de los árboles—. No, no son micos —corrigió—. Son micoleones. —Miró al suelo, bajo los árboles—. Shhh. Alto. —Señaló unas matas de pitaya, a unos veinte metros, y susurrando—: Es un caimán.

—¿Dónde? —dijo Sebastián. Y con insistencia—: ¿Dónde está?

Por fin alcanzó a ver entre las hojas un ligero movimiento, y la gruesa cola del reptil, al lado de un tronco de manaco viejo tumbado. De pronto, como por arte de magia, la cola desapareció.

—¡Cabrón! —exclamó casi sin voz Juventino, que estaba preparando su fusil.

—Juventino, ¡no! —Pero no hizo nada más por detenerlo cuando se puso de pie para salir corriendo detrás del animal. Se sintió un poco cobarde. Después de unos minutos, hostigado por los mosquitos, decidió seguirlo; de lejos, despacio.

Recordó, sin saber por qué, que alguien le había dicho que la carne de caimán joven sabía a langosta. Esto le hizo pensar en un discurso oído hacía varios años a una señora oriental acerca del inconveniente de alimentarse de gallinas, en lugar de vacas. Según cierto principio —que podía ser invención de la señora—, la vida de una mosca, la de un elefante y la de una señora eran, en esencia, iguales. La suma de vidas sacrificadas por un comedor de gallinas era muy superior a la de vidas sacrificadas por uno de reses, y por lo tanto el karma del primero costaba mucho más caro. Oyó un disparo, y echó a correr hacia adelante, presa de la emoción, como un niño, y de la curiosidad. Pero luego oyó otro disparo, y perros que ladraban; se detuvo. Se oían también voces de hombres. Insultos. Otro disparo. Más voces, ahora muy bajas, susurros imposibles de comprender, y los ladridos de varios perros que sonaban cada vez más excitados.

—Están bien muertos los dos, hombre —dijo una voz que no era la de Juventino—, y ahora mejor nos sacamos de aquí, mi hermano.

Sebastián no se movía, y sus ojos se abrieron de asombro y de temor. Dejó que le picaran varios mosquitos, hasta que oyó de nuevo las voces de los hombres que se alejaban con sus perros. «Han dejado uno atrás», pensó. Le oía ladrar y dar cortos aullidos. Se acercó con cautela al pequeño claro en el bosque de palmas, donde yacía Juventino a pocos pasos del caimán, cada uno con una oscura herida roja y circular en la cabeza. El perro estaba menos interesado en el hombre que en el gran reptil. Aunque no dudaba que estuviera muerto, Sebastián se arrodilló junto al cuerpo de Juventino, le tocó la sien para sentirle el pulso. «Muerto —dijo para sus adentros—. Yo sabía que algo malo iba a pasar». Sabía que esto era sólo parcialmente cierto, pero lo que uno recuerda se parece sólo parcialmente a la realidad. El perro seguía ladrando, a intervalos cada vez más largos; ladridos cortos, muy agudos. De vez en cuando, miraba a Sebastián —que seguía junto al muerto— con los ojos entrecerrados y una sonrisa absurda de satisfacción. Sebastián cubrió la cara del muerto con su sombrero, que había quedado boca arriba al lado del cuerpo. Luego, poniéndose de pie, se quitó el cinto, y se acercó despacio al cuerpo del caimán. Con un rápido movimiento, rodeó con el cinto el cuello del perro, que no le rehuyó. «Vamos, bonito», le dijo, sorprendido al ver que el perro le seguía sin oponer ninguna resistencia, sin siquiera ladrar. Comenzó a desandar lo andado a través de la húmeda selva. Las lianas, las plumas gigantes que brotaban del suelo, las calientes agujas de luz, la celosía de pequeños sonidos, todo le parecía un poco irreal. ¿Qué hacía él trotando con este perro negro por entre los árboles? ¿Huía de alguien? Tal vez. Pensó con disgusto que tendría que hacer algo que no quería hacer: ir de visita a la comisaría de Sayaxché.

«Vamos, perro.» Le hizo subir a la lancha. Encendió el motor, y el perro fue a colocarse en la punta, agitando la cola. Cuando salieron del arroyo a la laguna, Sebastián aceleró. El perro parecía sonreír constantemente, como si la brisa creada por la lanchita le causara placer, y sus orejas de cazador, una de las cuales estaba muy roída por la sarna, ondeaban como banderolas al viento. Sebastián atajó por el Caguamo, un tributario del Amelia, y cuarenta minutos más tarde llegaba a Sayaxché. Amarró su lancha al enorme cayuco de los hermanos Conusco, que no le cobraban nada por hacerlo, y saltó a tierra con el perro. Cuatro perros flacos que estaban cerca del agua se acercaron a husmear al recién venido. «Vamos, perro.» Sebastián tiró del cinto, y el perro negro lo siguió con un gemido. Subieron por la calle de polvo y piedras hacia la plaza donde estaban la iglesia y la comisaría, y los perros libres, uno por uno, se fueron quedando atrás.

—¿Y por qué vamos a creerle? —preguntó el sargento Ochoa.

El comisario Godoy, que observaba al perro, lo señaló.

—Tiene el perro —dijo con impaciencia.

—Eso —dijo Sebastián—. No sé cómo se me ocurrió traerlo, pero aquí está.

—Firme aquí, si tiene la bondad —le dijo el secretario cuando terminó de mecanografiar el parte—. Hay que avisar al juez de paz.

Sebastián firmó, y dijo:

—El que pasara en mi terreno no implica nada, espero.

—Nada —le aseguró el comisario—. Pero ahora me temo que tendrá que enseñarnos el lugar. —Se volvió al sargento—. Que venga el agente Ba. Y usted también, sargento. Traigan una camilla para el muerto.

—Juventino tenía una novia en el Paraíso —dijo Sebastián—. Creo que no tenía a nadie más.

—¿Una novia? —El comisario se había puesto de pie—. Antes vamos a ver el cuerpo.

Sebastián se metió la camisa en el pantalón.

—¿No tienen una cuerda para el perro? Me gustaría recuperar mi cinto.

—Preparen la *Malaria* —le dijo el comisario al agente Ba.

La bala que había matado a Juventino había entrado entre las dos cejas. La cara, del color de la cera, estaba cubierta de hormigas negras.

—En el merito centro, mi jefe —dijo el agente Ba—. Mire, lo mismo que el caimán. ¡Cuántas hormigas hay!

El juez de paz se inclinó para cubrir con una manta blanca la cara del muerto.

—Y el fusil del finado —dijo el sargento—, ¿dónde estará?

El agente Ba se puso a buscar alrededor del claro. Recogió una rama y dijo, riéndose, «No, esto no es».

—¿Usted no caza? —le preguntó el comisario a Sebastián.

—No. Hace más de diez años que no disparo un fusil. He prohibido que se cace en mis tierras. Este terreno acabo de comprarlo, por eso no hay letreros, pero pronto los voy a poner.

El comisario hizo apuntes en su libreta.

—¿Por dónde cree que se fueron? —preguntó.

Sebastián señaló el sendero al otro lado del claro, donde un viejo amate estrangulaba a una vieja palmera.

—Deben de ser del Paraíso, mi jefe —dijo el sargento—. No hay otro poblado en esa dirección.

—Sí —dijo el comisario—. Si eran cazadores, podrían ser los Cajal.

—¿Cajal? —exclamó Sebastián.

—¿El nombre le dice algo? —quiso saber el juez.

—Esa muchacha que le decía, con quien Juventino tuvo amores, era de apellido Cajal. Pero en fin, lo que ocurrió aquí fue un accidente.

—Es difícil que alguien le meta una bala en medio de las cejas a otro, por accidente —dijo el comisario con tono de fastidio.

—Tiene razón. Pero fue por el caimán. Y el caimán estaba allí por accidente, es lo que quise decir.

—¿Nos llevamos también el caimán, jefe? —preguntó el agente Ba, y se relamió los labios—. Mire nomás qué lujo de piel.

—¿Cómo? —dijo Sebastián—. El animal es mío. Fue matado en mi propiedad, ¿no, comisario?

—Por ahora vamos a dejarlo donde está. Si lo necesito más tarde, mandaré por él.

—Espero que no sea sólo por la piel —dijo Sebastián.

—¿Por la piel? —El comisario se sonrió despreciativamente—. ¿No aparece ese fusil, eh, sargento? —Se volvió de nuevo a Sebastián—. ¿Usted ha oído hablar sin duda de algo llamado balística?

Entre el sargento y el agente pusieron el cadáver en la camilla, y después volvieron en silencio, en fila india, con Sebastián y el juez a la cabeza, por el sendero hasta el agua.

—¿Y qué hará ahora, comisario, si se lo puedo preguntar? —dijo Sebastián después de desatar su lancha.

El comisario se quitó la gorra y se rascó la cabeza. Su pelo, liso y muy negro, destilaba sudor y brillantina. El comisario Godoy era joven y parecía un hombre razonable, incluso amigable, pensó Sebastián.

—Vamos a dar una vuelta por el Paraíso, con el perro, para ver si es de los Cajal. Luego hay que ver lo que dice el juez aquí.

El juez no dijo nada.

Al subirse a la lancha de aluminio llamada *Malaria* (porque había sido utilizada para transportar medicinas y enfermos durante una epidemia en los márgenes de La Pasión) agregó:

—Si tengo que hacerle preguntas más tarde, ¿dónde lo puedo encontrar?

Sebastián, que estaba a punto de tirar de la cuerda para encender su motor, contestó:

—En la bahía del Caracol, allí está mi casa. Hay una bolsa de plástico blanca amarrada a un tinto rojo cerca de las piedras que llaman los Libros. No se puede perder.

Encendió el motor e hizo virar su lanchita para adelantarse describiendo eses por el arroyo hasta salir a la laguna, que comenzaba a picarse con la brisa de mediodía.

Francisco Cajal, un viejo alto y delgado, de piel curtida por el sol y abundantes cabellos blancos, miraba por un ventanuco la fumarada de polvo levantada del camino por un vehículo invisible todavía.

—¿Dónde se ha metido esa patoja? —dijo—. Parece que ya están aquí.

—Aquí, tío —anunció Roberto, que acababa de entrar en la casa por una puertecita trasera seguido por una muchacha de unos veinte años, más alta que él, delgada y de piel bastante clara.

—Este imbécil de tu primo mató a Juventino Ríos, María —le dijo el viejo.

—Ya me lo dijo. ¿Es verdad que fue accidente?

—Es verdad. Pero escucha. Ven acá. Mira. —Se apartó de la tronera para dejar sitio a la muchacha—. Es el jeep de la policía —continuó—. Juventino no andaba solo. Los muchachos volvieron por el Diógenes, que no dejaba al caimán, pero el que andaba con Ríos se lo había llevado. Debe de haber ido a chillar con el perro, y ahora lo traerán aquí. ¿Te acuerdas del Diógenes, el hijo del Conejo con la Palmera?

—Claro que me acuerdo —respondió de mal talante María.

—Pues quiero que les digas a los chontes que era de Juventino Ríos. Tú se lo regalaste. Pero tienes que decirles que cuando te abandonó se lo llevó con él.

María movió negativamente la cabeza.

—A Juventino no le gustaban los perros. Todo el mundo va a saber que dije una mentira.

—No me importa —insistió el viejo—. Tú harás lo que yo te diga.

—¿Por qué tenías que matarlo? —dijo la muchacha, volviéndose hacia su primo, que seguía junto a la puerta. La muerte de alguien que había tenido tan cerca le causaba una sensación de irrealidad.

—Siempre le llevó ganas —dijo el tío, y miró a Roberto—. Espero que no te jodan bien esta vez.

Se quedaron los tres quietos, en silencio, casi sin mirarse, hasta que se oyó el motor del jeep. Se oyeron los ladridos de un perro, voces de hombres, y el motor se apagó.

—María —dijo el viejo—, ¿has entendido? Regresa a tu casa y espera allí hasta que mande por ti.

—Sólo una vez voy a mentir —dijo la muchacha, mirando a su primo con aversión, y salió por donde había entrado.

—Es dura tu prima —dijo el viejo; su sobrino se quedó mirando la puertecita con una expresión, alrededor de sus ojos pequeños, de rencor.

Desde la puerta llegó la voz del agente Ba.

—¡Policía!

El comisario empujó suavemente la puerta, y no logró ver a nadie en la penumbra del interior.

—Señor Cajal, es el comisario Godoy de Sayaxché; por favor, salga.

Francisco Cajal atravesó la pequeña habitación, abrió de par en par la puerta y salió al deslumbrante sol. El perro que el agente Ba tenía sujeto con una cuerda de nylon agitaba la cola, gemía de contento. Tiraba insistentemente de la cuerda, y cuando el joven Cajal salió detrás de su tío, comenzó a ladrar y dar de tirones con más fuerza.

—Se alegra de verlos, este perro —dijo el comisario—. ¿Cómo se llama? ¿Es su perro, Roberto? —preguntó el comisario. Miró al sobrino con una sonrisa falsa, luego se volvió al viejo y le dijo—: ¿Saben dónde lo encontraron?

—Ese perro no es nuestro —dijo Francisco Cajal, y escupió en el suelo.

El comisario miraba a Diógenes, que se había sentado en el polvo y seguía agitando la cola y dando agudos ladridos de tiempo en tiempo.

—¿Contento de estar aquí, no? —le dijo—. Dime, ¿quién es tu dueño?

El viejo adelantó un paso hacia el perro y dijo:

—Es el hijo de una perra mía. Pero no es mío. Es de Juventino Ríos.

El sargento Ochoa, que estaba detrás del comisario, se rió.

—¿Será posible? —dijo.

—Entonces, señor Cajal, ¿este perro no le pertenece a usted, ni a nadie de su familia?

—Ya se lo dije una vez, y no voy a cambiar de opinión. Es una lástima que los perros no puedan hablar —se sonrió cínicamente—. ¡Hola, Diógenes! —dijo—. Me alegro de verte otra vez por aquí.

El perro respondió con dos ladridos y rascó el polvo con energía, mirando al viejo.

—Claro que nos conocemos —dijo éste—. ¡Y tanto! Si yo te enseñé a cazar.

—¿Sí? —dijo en tono neutro el comisario—. Le ruego que me explique cómo es eso.

El viejo lo miró con aire de indulgencia, como diciendo, «si me habla así, le entiendo».

—Ese Juventino Ríos, que es malísima persona, vino a molestarnos aquí hace poco más de tres años. Se metía con mi sobrina, que paró manteniéndolo durante bastante tiempo. Él no tenía perro para cazar y ella le regaló éste, cuando era un cachorro. La broma no me gustó. Pero ni modo.

—Ya sabe usted que Ríos está muerto.

—¿Muerto? No le diré que me alegro, para que no piense mal. Pero sí que no me extraña nada. Cuando un hombre así muere, uno se dice, uno más.

—Oiga, don Francisco, espero que no esté bromeando, porque se podría arrepentir. Esa sobrina suya que vivió con Ríos, ¿no anda por aquí?

El viejo se rió.

—Sí —y le dijo a su sobrino—: Vos, Roberto, llamate a la María. Decile que la justicia le quiere hablar.

María llegó por una vereda que rodeaba las casas hasta donde estaban los hombres. Se secaba las manos con un delantal sucio con pequeños restos de masa de maíz.

—¿Reconoce este animal? —le preguntó secamente el comisario, señalando al Diógenes, que estaba echado en el suelo a la sombra del agente Ba.

—Creo que sí —dijo María con los ojos muy abiertos—. ¿No es el Diógenes, Roberto?

Roberto la miró sin expresión y asintió.

—¿Sabe a quién pertenece? —prosiguió el comisario.

María dejó escapar una risita de desdén.

—Cómo no iba a saberlo —dijo—. A Juventino Ríos. —Se mordió el labio inferior y volvió la cabeza para quedarse mirando a lo lejos, una ceiba solitaria que crecía en medio de un campo desolado.

—¿No está mintiéndome? —le preguntó amablemente el comisario.

—Pues vuelva a preguntármelo —le dijo María, mirándolo en los ojos con repentina intensidad.

—Está bien, está bien. —El comisario alzó y agitó las manos sonriendo, como si quisiera romper la tensión. Se volvió al perro y le dio un fuerte puntapié en las costillas. El perro se revolcó en el suelo dando aullidos de dolor, y luego gruñó, mostrando los colmillos. El agente Ba sacó su garrote y se quedó aguardando. El comisario volvió a mirar a María—. Juventino no quería a los perros, es lo que dice todo el mundo. ¿No sabías que murió?

—Pues me alegro.

—Vuelve a tu casa —le dijo el viejo Cajal, y María obedeció.

—¿Dónde están sus demás perros, don Francisco? —preguntó el comisario.

—Con los muchachos, andan cazando.

—¿Y usted no sale con ellos?

—Sí. Siempre. Pero esta mañana Roberto aquí tiró una topeizcuinta antes de llegar al Tamiscal, y decidimos regresarnos, para no andar cargando. —Se quedó de pronto completamente inmóvil. Luego, muy lentamente, se llevó una mano a la nuca, se rascó la cabeza, sin dejar de mirar el suelo frente a sus pies—. Dígame, comisario —dijo, mirándolo con un solo ojo—, ¿es que no hay otros sospechosos? Cada vez que matan a alguien, me parece que usted piensa en mí.

—Usted lo ha dicho, don Francisco —respondió el comisario, y se sonrió también él con cinismo—. Es una lástima, de veras, que los perros no puedan hablar. Éste —y se acercó despacio al Diógenes— podría contárnoslo todo. —Sacándose la pistola, le dijo al agente Ba—: Téngamelo bien.

Roberto Cajal cruzó los brazos, entrecerró los ojos y por un momento dejó de respirar. El comisario había puesto la punta del cañón de su pistola debajo de la oreja roñosa del animal, mientras le acariciaba la cabeza, a pesar de los gruñidos. Dijo:

—Dime, perrito, ¿quién es tu verdadero dueño? O te reviento los sesos. A la una. A las dos. Y a las... ¿Nadie contesta? ¿Nadie habla por ti? Pues adiós, Diógenes. —El perro miraba a Roberto Cajal, y parecía sonreír con la lengua fuera—. Tres.

El comisario disparó.

—Lo siento —dijo—. Si no tenía dueño, ¿qué iba a hacer con él? A mí tampoco me gustan los perros. ¿No les importará enterrarlo, espero? Después de todo, aquí tiene a su familia.

El agente Ba desató la cuerda del cuello del perro muerto, que apenas sangraba, y la enrolló para guardársela en el bolsillo.

—Oiga —le dijo el comisario a Francisco Cajal—, creo que su sobrino tiene problemas. Mire cómo aprieta los puños. Ningún hombre se pone así porque maten al perro del hombre que desvirgó a su prima.

—Era un buen perro —dijo el viejo con voz muy ronca, y miró al comisario—. ¿Por qué lo mató?

—Ya le dije que lo sentía. ¿Qué hubiera hecho usted con él?

Sebastián Sosa puso el pie en la columna de madera frente a su hamaca y se empujó para aumentar el vaivén. Hacía calor, pero había sólo uno que otro mosquito. Él tomaba medidas extremas para evitar que lo picaran. Acababa de rociarse con un fuerte repelente, cuyo olor detestaba. En un día normal, hubiese sido imposible sentarse a leer aquí fuera sin quemar corozo o, en el peor de los casos, sin poner la mosquitera. Su casa, que parecía un simple rancho, estaba elevada del suelo por pilares de madera cubiertos de alquitrán, y se encontraba a la orilla de un pequeño claro en la selva primigenia, con árboles que se elevaban hasta los cincuenta metros. Sólo a mediodía recibía directamente el sol, de modo que nunca llegaba a agobiarle el calor. El alto techo circular de palma de guano hacía pensar en el sombrero de un hongo gigante tostado por el sol. Debajo de la imponente estructura de troncos rollizos de liquidámbar atados solamente con bejucos, una enorme jaula de tela mosquitera hacía de cielo raso —a través del cual podían verse de noche volar luciérnagas y murciélagos— y de grandes ventanales, rematados en tabiques bajos para dejar entrar la brisa y la luz.

Una lancha atravesaba la laguna; no reconoció el sonido del motor. Estaba leyendo un tratado de moral, y su autor, un judío alemán, estaba a punto de llevarlo a la exasperación. Sin embargo, le hubiera sido imposible leer una novela; hacía media hora, cuando se inclinó sobre un baúl abierto para escoger su lectura, sólo este libro nuevo, negro y rojo, de pasta dura, atrajo su atención. Las portadas de las novelas que tenía y aun sus títulos le parecieron insípidos. Se le ocurrió que la ética podría, aquí, ser una lectura entretenida; porque en este lugar apartado de todo uno podía soñar con ser un hombre justo, un hombre moral. Si ésta era la razón, pensó, era un mal síntoma. El alemán seguramente pedía demasiado, y Sebastián comenzó a sentirse enfermo de un mal, si no mortal, incurable al menos. Era cosa de ver quién duraba más, se dijo a sí mismo mientras descansaba la vista, alzando los ojos de la densa página a los retazos de agua brillante entre las ramas bajas de los grandes árboles. Se preguntó, de pronto, cuánto tiempo le estaría dado vivir en este sitio, y luego trató de recordar cómo había decidido establecerse aquí. Había obrado por impulso, y después las circunstancias se habían inclinado a su favor; ellas habían hecho el resto. Estas eran reflexiones ociosas, aun absurdas, lo sabía. Estaba aquí porque aquí quería estar.

Se sentó en la hamaca y puso los pies descalzos en el piso de madera. «Tengo que encerarla uno de estos días», pensó. Cuidaba de la casa él mismo; de hecho, la había construido prácticamente sin ayuda, y se sentía muy orgulloso del resultado.

La cocina era un edificio separado, otro rancho alto y rectangular, a unos setenta metros de la casa. En una covacha adyacente vivía Reginaldo, su único sirviente, un mulato de Sayaxché. Sebastián oyó ladrar al Juguete, el perro de Reginaldo, y pensó en el perro negro de los cazadores; se preguntó qué habría hecho el comisario con él. Se levantó de la hamaca y paseó de arriba abajo por el amplio balcón. Oyó el motor del lanchón del Escarbado, la aldea kekchí que estaba al otro lado de Punta Caracol, y alcanzó a verlo pasar dejando una suave estela más allá de los árboles, tan cargado de gente y sacos que parecía que su borda iba a ras del agua y que el menor oleaje le haría zozobrar. Juventino Ríos había vivido en el Escarbado después de abandonar el Paraíso, y antes de mudarse a una pequeña parcela tierra adentro, donde vivió completamente solo durante más de un año. ¿Hasta qué punto podía decirse que Juventino había sido su amigo? Desde el principio habían intercambiado una serie de gestos amistosos. Pero la suma de todos éstos, ¿podía llamarse realmente amistad? Juventino había dejado de existir sin dejar más huella en Sebastián que estas preguntas vanas y una cadena de recuerdos vagos que sin duda acabarían por borrarse. Había capturado al perro, y creía que si todo hubiese vuelto a ocurrir habría actuado de la misma manera; pero le parecía que lo más sabio habría sido no hacer nada, dar media vuelta y alejarse del lugar. Las olas de la estela lamían con un murmullo casi inaudible la inclinada orilla de tierra y piedras blancas. La voz de Reginaldo, que llegó de debajo del balcón, le sobresaltó.

—¡Hay alguien aquí que quiere vendernos pescado!

—¿Y queremos pescado?

—Como usted diga. Tienen buena cara. Son blancos.

—Pues cómpralos.

—No tengo dinero.

—Ahora voy.

Reginaldo comenzó a caminar de vuelta a la cocina. Sebastián le había dicho varias veces que no le llamara «don», pero él recaía repetidamente en la costumbre; parecía más a gusto tratándolo así. Existía una clara diferencia entre la clase de hombre que eran ellos y la clase de hombre que era él. Metió la mano hasta el fondo del saco donde escondía el dinero para el gasto, y tomó varios billetes. Fue al cuarto de baño para ponerse crema repelente en la frente y en las orejas, y luego se calzó y bajó de la casa para dirigirse a pasos rápidos a la cocina.

Al ver al niño que traía los pescados, sufrió un ligero escalofrío, sin entender por qué. Se parecía mucho, decidió, a una mujer. ¡La Cajal! Sólo la había visto en fotos, pero estaba seguro de que este chico era un familiar. Era moreno, muy delgado, y era imposible adivinar su edad. Sus rodillas eran prominentes y sus pies, descalzos, muy largos y huesudos. Sus ojos almendrados recordaban los de una chica india. Tenía los pescados bajo el brazo, a la cadera, en una palangana de plástico azul.

—No te había visto nunca por aquí —le dijo Sebastián.

—No, señor. —El niño se puso muy serio.

—¿Cómo te llamas?

—Antonio Hernández Cajal.

—Hombre —dijo Sebastián, y pronunció su propio nombre—, mucho gusto.

El niño se cambió de brazo la palangana, apoyándola en la otra cadera. Le alargó a Sebastián una mano sucia con escamas, mojada.

—Disculpa que no te la dé —le dijo Sebastián; con la izquierda, le dio tres palmaditas en el hombro—. ¿A cuánto está el pescado?

—En el Escarbado lo vendo a diez por pieza.

—Está bien. ¿Cuántos tienes? Dámelos todos.

El niño tomó los cuatro billetes que le extendió Sebastián y, esbozando una reverencia y diciendo «Gracias», giró sobre sus talones. Bajó dando saltos las gradas de tierra y raíces del empinado ribazo y subió en un cayuco pequeñísimo. Se empujó de la orilla con el remo y desapareció al doblar más allá de los tintales.

—¿Qué hay? —le preguntó Sebastián a Reginaldo, que examinaba muy de cerca la barriga hinchada de uno de los pescados sobre la larga mesa en el centro de la espaciosa cocina.

—Nada. Pero ésta como que tiene hueva.

—Se comen los huevos, ¿no?

—Hay quienes se los comen. Yo no los he probado, ni los pienso probar. —Reginaldo dejó a un lado la pescada.

—He oído decir que no son malos. Caviar maya.

—No me gusta el caviar.

—A mí tampoco, pero esto podría ser distinto. Creo que los vamos a probar.

—Tal vez usted. —Reginaldo le abrió el vientre a otro pescado y le sacó las entrañas. El Juguete, sentado a los pies de la mesa, lo miraba con ansiedad. Reginaldo tiró los desechos fuera de la cocina, por encima de un tabique de cañas, y el perro corrió a devorarlos. Después de limpiar los otros pescados, Reginaldo volvió a la pescada. La abrió muy cuidadosamente. Extrajo del vientre una masa de huevecillos envueltos en una membrana alargada, rosácea, traslúcida. Con la punta del cuchillo, perforó un extremo de la bolsita, y por allí sacó los huevecillos grises y los puso en un plato de barro. Sebastián se acercó, tomó el plato y se lo llevó a las narices para olfatear. Reginaldo se rió.

—Yo no me arriesgaría, usted.

—¿Está fría la nevera? Los vamos a dejar allí.

—Muy bien. —Reginaldo llevó el plato a la nevera, un vetusto aparato con la pintura pelada y bastante oxidada que ronroneaba en un oscuro rincón.

—Pero cúbrelos, sí, con ese tazón.

Reginaldo alargó el brazo para alcanzar el tazón y cubrió los huevecillos antes de meter el plato en la nevera. Luego volvió a la mesa, donde estaban los pescados, y comenzó a cortar colas y cabezas.

—Voy a Punta Caracol —le dijo Sebastián—. Vuelvo al oscurecer.

Los Howard eran propietarios de una extraordinaria posada en la punta mayor de la pequeña bahía. Cómo había logrado un extranjero adquirir ese terreno y —más aun— cómo había conseguido la autorización para construir allí una posada era algo que probablemente nunca llegaría a estar muy claro. Era evidente que Richard Howard —conocido en la región como *el Mexicano,* porque había vivido mucho tiempo en Veracruz y allí había aprendido el español— era un hombre inmensamente rico. Pero seguramente había hecho falta algo más que dinero para adjudicarse este antiguo centro del comercio maya. Aunque el sitio había sido saqueado por «huecheros» mexicanos y otros especialistas extranjeros antes de la llegada de los Howard, corrían rumores de que cuando él lo compró todavía quedaban allí algunas piezas valiosas que encontrar. Él, desde luego, hacía caso omiso de esas acusaciones ¡evidentemente infundadas! Lo cierto es que todo el mundo estaba de acuerdo en que *el Mexicano* era una buena, si no excelente, persona. No era éste el caso, sin embargo, de su esposa Nada, una colombiana casi veinte años más joven que él. Había en Sayaxché quienes recordaban a la primera esposa de Howard, de quien tenían buen recuerdo. Pero Helen Howard no había sido capaz de soportar, no tanto el clima de las tierras bajas peteneras, como sus severas deficiencias sociales. Aseguraba que el lugar embrutecía a la gente, y, por lo tanto, había decidido regresar a Nueva York y dejar que su esposo, si él así lo deseaba, siguiera embruteciéndose. En realidad, la compañía de Richard no bastaba a su apetito social, y no estaba dispuesta a mezclarse con la gente del lugar. La nueva esposa, en cambio, había venido con intención de establecerse aquí definitivamente. Nada de Howard era servil en su trato con «Rich» —lo que revelaba su origen más bien humilde— y despótica con sus empleados. Las dos muchachas del Escarbado que trabajaban para ella, ambas muy jóvenes, no podían dejar de admirar a la extranjera que había escogido este sitio perdido en medio de la selva para hacer su hogar; pero los trabajadores del sexo opuesto no sentían tal admiración, y habían tenido que llegar al extremo de aclarar explícitamente que no recibirían órdenes de la señora. A veces, si estaban de buenas, condescendían a hacerle algún favor. En un lugar semidesértico como éste, cada trabajador era, quien más quien menos, una «persona», y era necesario tener presente todo el tiempo que la rotación de mano de obra era muy limitada. Así, Richard Howard se veía obligado a hacer concesiones que en otras circunstancias le hubiesen parecido insoportables, y se resignaba a aceptar que su querida mujer les resultara francamente insufrible a todos los otros machos de la región. A Nada le costaba relacionarse con la gente si no era dentro de los esquemas familiares de una u otra forma de subordinación. Recibía órdenes de Rich, y las daba a los demás. Los hombres ya se habían acostumbrado a responderle, a veces en tono burlón: «Lo siento, doña Nada, pero eso no me toca a mí». Todos, a sus espaldas, la criticaban duramente a la menor ocasión.

Aquella tarde, cuando Sebastián llegó a la posada, doña Nada estaba en el ranchón abierto que servía (provisionalmente, pues la posada estaba en obras) de comedor. Hacía cuentas en un ordenador portátil, y tardó algunos minutos en alzar los ojos para saludar a Sebastián. Un hermoso guacamayo llamado Otto, la mascota de Nada, andaba de arriba abajo por la viga principal. Cuando la hubo saludado, dándole un beso en la mejilla que ella le presentó, Sebastián retrocedió rápidamente, pues sabía que de no hacerlo el Otelo con plumas descendería sobre su cabeza con las peores intenciones. Nada siguió tecleando el ordenador unos minutos más.

—Aléjate otro poco —le dijo después a Sebastián—, es más seguro. Cada día se pone más difícil este animal. ¡Otto! ¡Quieto allí! —Apagó el ordenador y miró a Sebastián—. ¿Cómo has estado?

—Regular.

—¿Viste lo de Juventino?

—¿Si lo vi? Poco faltó. ¿Quién te lo ha contado? Hace sólo unas horas que ocurrió.

—¿Has olvidado dónde estamos? Pero siéntate. ¿Bebes algo? ¿Una cerveza? —Se volvió hacia la cocina para gritar—: ¡Manuel! ¡Tráigale una cerveza bien fría a don Sebastián!

Manuel era cuñado de Reginaldo, y, como él, un excelente cocinero. Acudió con prontitud, y Sebastián se puso de pie para saludarlo y recibir su cerveza, que estaba, en efecto, muy fría.

—Wilfredo vino hace un rato del Escarbado —dijo Manuel—, y nos contó lo de Juventino. Dice que usted fue a la policía con un perro de los Cajal. ¿Es verdad?

Nada le interrumpió.

—¿No estás solo en la cocina? Cuántas veces te ha dicho don Richard que no dejes la salsa sola ni un minuto.

Manuel se disculpó y regresó a la cocina.

Otto voló a una viga menor, y se quedó marcando el paso, inclinado hacia delante, mirando a Sebastián con un ojo, luego con el otro.

—¿Está Richard? —preguntó Sebastián.

—No. Fue al Duende con Davidson, el arqueólogo. Están hablando de hacer un libro sobre Punta Caracol. ¿Te imaginas? Yo le pido a Dios que no lo hagan.

—¿Por qué?

—¿No te das cuenta? Despertaría demasiado interés, y podrían terminar echándonos de aquí. Para ellos no somos más que dos pinches extranjeros. Aunque claro, Rich tiene amigos. De todas formas, demasiada publicidad no nos conviene.

—Comprendo. Pero sería interesante saber más acerca del lugar. El Hong Kong de los mayas, ¿no es así como lo llaman?

—Eso es.

—¿Y qué piensa Richard?

Nada movió la cabeza de una manera que pudo querer decir cualquier cosa.

—Está indeciso todavía —dijo—. De todas formas, no podría oponerse. Y Davidson parece muy entusiasmado.

Sebastián sacó una revista que traía doblada en el bolsillo de su pantalón.

—Quería enseñarle esta revista a Richard. Supongo que a ti también te podría interesar. Hay tres artículos sobre Punta Caracol. —Puso la revista junto al pequeño ordenador.

—¿Mencionan nuestros nombres? —preguntó Nada con un falso tono de ansiedad.

—No. Es una publicación puramente técnica. De la Universidad Popular. Ni siquiera mencionan que exista un hotel.

—Gracias. —Nada hojeó la revista con semblante grave, casi disgustado. La cerró—. Los dibujos son pésimos —se rió con desprecio—. ¿Viste cómo ponen la escarpa del Duende? Da risa, de verdad.

—Sí —dijo con reserva Sebastián—. No son muy buenos. Hay un artículo de Davidson que no está nada mal.

—¿En español? —preguntó Nada, sorprendida.

—Sí.

—Pero él no lo habla —levantó una mano y juntó el índice con el pulgar— ni así. La cerveza, ¿estaba fría?

—Deliciosa.

Nada se sonrió y miró a Sebastián con una vaga expresión de dulzura.

—Lo de Juventino debe de haberte afectado. ¿Qué pasó con ese perro? Sabes, después de Wilfredo vino Miriam con un cuento un poco cambiado. Dice que le dijo su novio, que pasó por el Paraíso viniendo de Tzanguacal, que el perro no era de los Cajal. Que era de Juventino.

—¿De veras? Es raro. ¡Es ridículo! Todo el mundo sabe que Juventino no tenía ningún perro.

—Tuvo uno hace varios años, cuando andaba con María Cajal. No lo querían en el Paraíso a Juventino. Y seguro que fue uno de ellos el que lo mató. Cualquier pretexto es bueno cuando lo que te gusta es matar. Y a esa gente vaya si no les gusta. Yo agarraba al primero y le hacía contarme lo que pasó. Y al culpable lo mandaba ajusticiar sin más ni más. Así se hacía en Barranquilla, y por Dios, era la única manera. Pero me temo que no va a ser así en este caso, y lo siento por ti. Los Cajal tienen amigos, y Juventino no era nadie —dijo con desdén.

—El comisario parecía dispuesto a arrestar a alguien.

—Yo espero que ese alguien no seas tú. —Nada se rió—. En este paisito, nunca se sabe.

—No lo creo, pero supongo que tienes razón. —Sebastián se puso de pie—. Gracias por la cerveza.

—De nada. Gracias por pasar.

—Nada —dijo Sebastián, y se detuvo antes de salir del ranchón—. Iba a olvidarlo. ¿Fuiste tú quien me dijo que los huevos de blanco se comían?

Nada asintió con la cabeza, y arrugó el entrecejo con expresión divertida, y tal vez un poco maliciosa.

—¿Cómo se preparan?

—Yo los pongo a enfriar un par de horas. Si no cambian de color, te los puedes comer. Con galletas de soda y mantequilla quedan muy bien. ¡Cuidado!

Otto pasó volando muy cerca de la cabeza de Sebastián.

—¿Los tienes? —preguntó Nada.

—Sí.

—Dichoso. Son buenísimos. A que no sabes para qué sirve la membrana.

Sebastián dijo que no lo sabía.

—Los mayas las usaban para hacer preservativos. —Se sonrojó.

Sebastián fue a la cocina por el sendero de grava blanca bordeado con troncos de botán.

—Adiós, Manuel. Oye, ¿sabías tú que Juventino tuviera un perro?

—Que yo sepa no tenía ningún perro.

—Gracias. Hasta luego.

Cuando pasó de nuevo junto al ranchón del comedor por el sendero de grava, Nada ya no estaba allí, ni Otto; sólo la revista de arqueología y el ordenador.

Detuvo la lancha a media bahía. Se quedó un momento escuchando los sonidos de la tarde que, con los colores, comenzaban a despertar. Una escuadra de garzas intensamente blancas pasó cortando el aire saturado de distintos tonos verdes. Sebastián se quitó la ropa y se sentó en la borda de la lancha, se dejó caer de espaldas al agua. El agua, tibia en la superficie, muy fría un poco más abajo, no era clara. Los tintales la teñían del color del té. Nadó en torno de la lancha y después trepó por la punta. Se quedó tendido al sol decadente hasta que se puso muy rojo y grande y dejó de calentar, hundiéndose en una esponjosa alfombra de árboles.

—No, yo diría que no han cambiado de color —le decía Reginaldo. Ya había oscurecido, y examinaban el «caviar» a la luz de una vela pegada a una mesita cerca del fogón. Sebastián tomó el plato y lo acercó más a la vela.

—Creo que no. Los vamos a probar.

Dejó el plato en la mesa y se volvió para alcanzar un limón de la canasta en la alacena. Fue hasta la pila de piedra y lavó el limón. Mientras tanto, Reginaldo ponía la masa de huevos en un platillo de china, donde estaban ya las galletas de soda y un trocito de mantequilla. Sebastián partió el limón en cuatro con un pequeño cuchillo y se sentó a la mesa frente al manjar.

—No tires la bolsita —le dijo a Reginaldo—, lávala bien, por favor, y déjala allí.

—¿Dónde?

—En la otra mesa —dijo Sebastián, dirigiendo una sonrisa a Reginaldo, que había retrocedido algunos pasos para recostarse en un pilar; lo observaba con atención, entre preocupado y divertido.

—Espero que estén buenos —dijo. A Sebastián le pareció por un instante que su cocinero era el personaje de alguna corte grotesca. Reginaldo, al sentirse observado, arrugó la frente, y volvió a convertirse en él mismo.

—¿Por qué tan serio? —le preguntó Sebastián, y luego exprimió un trozo de limón sobre los huevecillos grises. Untó un poco de la masa con su cuchillo en una galleta. Tomó un bocado y miró el cielo raso de junco, degustando. Removió el bolo alimenticio con la lengua. Tragó.

—Son muy buenos —dijo, y comenzó a preparar otra galleta. Reginaldo le dio la espalda para poner dos filetes de pescado en la parrilla, muy caliente, y un poco de humo cargado con olor a grasa quemada hizo un rizo en el aire.

—Huele un poco a marrano, ¿o estoy imaginando cosas? —Reginaldo les dio vuelta a los filetes y los puyó con un largo tenedor; unas gotas de jugo cayeron sobre las brasas con un *tssss*. Cuando estuvieron listos, los sirvió en dos platos y se sentó a la mesa frente a Sebastián.

—Buen provecho.

—Está muy bueno —dijo Sebastián—, pero tienes razón, no huele, ni sabe, a pescado. Mejor.

—Aquel venado, ¿se acuerda? —comenzó a decir Reginaldo un momento después—, el que vino la luna pasada al frijolar. Pues ha vuelto. Anoche arruinó varias matas; esta tarde, cuando fui a echar insecticida, lo vi. Yo creo que vamos a darle agua, don Sebastián. —Hablaba sin mirar a Sebastián, pero ahora alzó la vista y agregó—: Hoy es la luna.

—Pero no quiero que lo mates. Ya sabes que no quiero que nadie cace aquí. Ese frijol es mío, y no me importa que lo arruinen los venados. Al contrario.

—Pero si no lo mato yo, lo matarán los vecinos. Hoy vi al hijo de don Lencho rondando por ahí, y ese no perdona nada. Si no voy yo por él, él va a ir.

—Te prohíbo que lo mates.

—Nos van a tomar por pendejos.

—No discutamos más. En esta tierra no se matan otros animales que mosquitos, tábanos y *algunas* culebras. ¿Entendido?

—¿Y arañas, y alacranes?

—No, no.

—Como usted diga. Pero el venado va a venir, y el hijo de don Lencho va a estar atalayándolo y se lo va a quebrar.

—Mirá, Reginaldo, a la noche vas a hacer guardia en el huerto, para ver que nadie le dispare a ese venado. Y si algo le pasa, te voy a joder a vos.

Reginaldo, levantándose de la mesa, dio por terminada la conversación.

A veces le había parecido que vivir aquí sería la mejor manera de estar en armonía con la naturaleza, confundirse con ella. Pero después de vivir aquí creía justamente lo contrario —y la gente que había vivido aquí toda su vida lo sentía así—: la masa de vida no humana que constantemente los rodeaba los hacía, por contraste, más humanos. Y el parecer de Sebastián era que estas gentes pecaban de demasiado humanas. Era una curiosa mezcla de dulzura inocente y crueldad brutal lo que daba su matiz peculiar a la personalidad colectiva del lugar.

Bajó las cortinas de caucho de su dormitorio. En el cuarto de baño, hizo sus abluciones a la luz de una lámpara de alcohol. Volvió al dormitorio y arregló la mosquitera. El estómago le dio un ligero vuelco cuando se metió en la cama. Cambió de posición. Poco después de oír el remoto, ronco rugido de los saraguates, se quedó dormido.

El país de los sueños es tan extraño que allí uno puede preguntarse si estar despierto es prueba de que no se está soñando; y a veces uno hace allí exactamente lo que no quería hacer. Uno puede soñar con los ojos abiertos, o puede abrir los ojos, y no ver nada. Nada. Como le ocurrió a Sebastián aquella noche. Este era un sueño típico —sobre todo después de la operación. Soñar que estaba ciego. Debía de tener un nombre, esa fobia a la ceguera. La pesadilla del hombre que corre pendiente abajo por un camino que orilla precipicios y no puede abrir los ojos pudo haber sido inventada por él. O el quieto sueño del ser que está en el cuarto, cerca de la cama, y el que sueña no puede alzar los párpados, ni se atreve a levantar un brazo para tocar la oscuridad, o tal vez quiere hacerlo pero le faltan las fuerzas. Pero en esta ocasión el sueño, si lo era, fue menos ambiguo. La presencia hostil cayó sobre él. Era como un animal con muchos brazos —¿siete, nueve? ¿Y la mosquitera, dónde estaba?, se preguntó. Las manos que lo sujetaban eran innegablemente humanas; los dos, ¿o tres?, cuerpos que tenía encima eran pesados y le impedían moverse. Ahora le dolían los ojos, que luchaba por abrir. Dos dedos se los oprimían brutalmente. Debía ser un velo lo que ahora le castigaba el rostro. Las esferas ciegas palpitaban dolorosamente contra la tela que alguien acababa de anudar detrás de su cabeza. «¿Quiénes son? ¿Qué quieren?», logró decir. Oyó respiraciones ajenas, y luego no oyó nada más que los grillos y las ranas de los árboles. A cada instante le era más difícil pensar que podía estar soñando. Con una mano, que otra mano tenía con fuerza por la muñeca, sintió una hendidura familiar en el colchón, reconoció la textura de sus sábanas. Estaba tendido en su cama sin conseguir abrir los ojos ni moverse. Un mosquito comenzó a zumbar cerca de su oreja; otro le picó en la frente. No podía estar dormido. «¿Qué quieren?», volvió a preguntar. Luchó por soltarse. Recibió un golpe en el estómago. Silencio.

Así pasaron, calculó, varios minutos. El miedo era algo pasajero, no podía durar para siempre. Comenzó a contar, en voz baja al principio, para sus adentros. Al llegar a mil, sin embargo —y le parecía que estaba enloqueciendo, no solo de miedo sino también de aburrimiento—, empezó a contar en voz alta. «¡Dos miiiiil!», gritó, y sintió que estaba a punto de llorar. Sollozó dos veces y después, con todas sus fuerzas, se revolvió, tiró y empujó con toda la violencia de que era capaz.

La mano derecha logró libertarse un momento, se movió hacia su cara, pero no llegó hasta allí. «Tiene que ser un sueño», pensó. Y un golpe en el vientre le hizo escupir el aire, y con él, las fuerzas. Gimió de dolor.

Nadie decía nada. Sebastián se dijo a sí mismo: «Quédate quieto». Recuperó el aliento y trató de relajarse. Al cabo de un rato sintió que las manos que lo sujetaban ejercían menos presión. Comenzó a contar de nuevo, en voz baja.

Estaba a punto de dormirse, o quizá sólo de caer en otro sueño. Logró incluso sonreírse pensando que después de todo tal vez estaba soñando el sueño perfecto, un sueño que recordaría durante el resto de su vida, el sueño dentro del cual se sueña que se sueña, y que tiene la virtud de causar una incomparable sensación de libertad, de bienestar espiritual. Despertó con sobresalto; y la inmóvil vigilia era la misma que antes. Cayó en otro sueño, más profundo. Con un miedo irreal, se dio cuenta de que su mano era levantada por una fuerza que no era la suya. Luego fue depositada otra vez, muy suavemente, en el colchón. Había aprendido que tenía que dejarse llevar, bajo pena de un duro golpe en el vientre o en la región del hígado. Así, se vio sentado al filo de la cama. Al poner los pies en el suelo, sin embargo, no pudo resistir la tentación de volver a luchar por libertarse —y una vez más fue severamente castigado. De pronto, estaba acostado en la cama, boca abajo esta vez... Su saliva mojaba la sábana, sintió con una mejilla. Alguien le hundía los nudillos en la sien. «Ya está bien —gritó—. Voy a estarme quieto». Lo tuvieron así, con la cara hundida en la cama, hasta que volvió a adormecerse. Entonces, le dieron la vuelta, lo sentaron en la cama y le hicieron ponerse de pie, sin que opusiera ninguna resistencia. Volvió a decirse a sí mismo, aunque con poca convicción, que podía estar soñando. Su abuelo, hacia el final de sus días, se había vuelto sonámbulo. Pensó en los huevos de pescado, y le pareció que podía ser la explicación. Como los había visto primero a la luz del sol y más tarde a la luz de una candela, se preguntó si el cambio de luz no habría hecho pasar inadvertido algún cambio de coloración. El estómago le dolía, y era posible que los golpes fuesen sólo la traducción onírica de un agudo malestar. Pero era difícil explicar que el dolor, aunque en el sitio apropiado, viniese de fuera.

Fue conducido del cuarto a la sala y a través de ésta al balcón. Su mano fue puesta en la manecilla de la puerta, y la puerta fue empujada por su mano. Al salir al balcón sintió la brisa en la cara y se detuvo. Oyó un ruido: un objeto pesado —¿de metal?— caía al suelo de madera. Se produjo un corto silencio, y luego fue empujado suavemente hacia el otro extremo del balcón. Su cadera tocó la barandilla. Sintió a sus espaldas el pegajoso calor de por lo menos dos cuerpos, que le apretaban. Oía sus respiraciones, y ahora, si estaba convencido de que no estaba en ningún sueño, no estaba convencido de su cordura. «Es el miedo —pensó—. Algo increíble está ocurriendo, me está ocurriendo a mí».

Se oyó el sonido de un arma de fuego que era montada. Sebastián sufrió un leve mareo, se aflojaron sus piernas, pero fue sujetado. Se hizo encima. Entonces, para su sorpresa —tan intensa que volvió a llenar de irrealidad aquella noche irreal—, el arma, un pesado fusil, fue puesta en sus manos. «¿Qué es eso —pensó—, una manta? ¿Cubren el fusil?». Su dedo fue puesto en el gatillo. Vio, en la imaginación, el caimán muerto; pero estaba vivo. Y luego vio a Juventino. El arma se disparó. Hubo dos disparos sordos. Se olía a pólvora. Le quitaron el arma de las manos, y le hicieron desandar el camino hasta la cama, donde lo tumbaron boca abajo una vez más y le cubrieron la cabeza con la almohada.

Así pasó bastante tiempo, parte del cual estuvo dormido. Por fin se despertó de un sueño de infancia a la realidad de la noche interminable, para percatarse, con mucho recelo, de que las manos extrañas ya no estaban allí; sólo la suave almohada, y el hedor. Sin embargo, no quiso moverse. Abrió poco a poco los ojos, tosió. Vio la tela de su mosquitera, tensa, metida debajo del colchón, como la había colocado al acostarse. Con una mano la apartó y se sentó en la cama. Se dio cuenta de que su corazón latía con demasiada fuerza, y la mancha parda entre sus piernas aumentó su congoja. Se levantó, encendió la linterna que tenía en la mesita de luz y salió a la sala. Luego entró en el baño. Tenía picaduras de mosquitos en las orejas y en la frente. Volvió al dormitorio y tomó las sábanas sucias. Abrió el grifo de la bañera, y lavó las sábanas y el pantalón de su pijama. El sol aparecía detrás de los árboles cuando salió de la casa para llevar la ropa al tendedero. Colocaba los últimos ganchos, cuando Reginaldo apareció por el sendero que subía de la laguna. Sebastián, que pensaba en su abuelo sonámbulo, se quedó mirando la sábana blanca, hasta que Reginaldo se acercó y se detuvo bajo los bejucos que caían de lo alto de un guayacán.

—Buenos días —le dijo—. Hoy sí madrugó. ¿Y esa ropa? ¿Qué pasó?

Sebastián logró reírse, sacudiendo la cabeza.

—Nada, nada. Si te lo cuento, no me vas a creer.

Reginaldo arqueó las cejas, miró la ropa tendida, y luego bajó los ojos al suelo.

—A mí también me hizo mal ese pescado —dijo, y se puso una mano en el estómago, en el sitio donde le dolía a Sebastián.

—¡Me hice encima! —exclamó Sebastián, y soltó una carcajada que Reginaldo pareció imitar.

—¿De veras? Bueno, de eso no va a pasar, ¡espero! ¿Oyó los tiros?

—¿Qué tiros? —preguntó Sebastián, asombrado.

—Anoche fui al frijolar, como me ordenó —dijo Reginaldo, irguiendo la cabeza—. Allí estaba Tono, el hijo de don Lencho, del otro lado del cerco. A eso de las dos, cuando la luna estaba metiéndose en los árboles, apareció el cachudo. ¡Tenía unos cachos así! —Alzó los brazos por encima de su cabeza—. Yo disparé al aire, y el animal se quedó como sembrado. Tono vino y le dio la luz. Le tiró, pero muy rápido, sin apuntar apenas, porque el bicho se hizo humo. Ese no era venado, me dijo Tono, por Dios. Yo he tirado miles, y sé cuándo le pego a uno y cuándo fallo. No. Ese no era venado, por mi madre que no. Eso dicen siempre cuando uno se les va.

Comenzaron a andar hacia la casa.

—Algo oí —dijo Sebastián—, entre sueños.

Se limpió las botas en un bordillo de piedras.

—¿Vas a ir a Sayaxché? —le preguntó a Reginaldo.

—Por eso venía. Necesitamos varias cosas. La lancha del Escarbado no tarda en pasar. ¿Tiene dinero?

Sebastián subió a la casa por el dinero.

—El agua está hirviendo en el fogón y hay tortillas, si quiere desayunar —le dijo Reginaldo cuando volvió a salir. Contó los billetes con sus manos nudosas y huesudas y se los guardó en el bolsillo. Atravesó el claro y se perdió entre las sombras bajo los árboles.

Sebastián desayunó en la cocina con el Juguete, y luego fue a dar un paseo por el frijolar. Lo recorrió de un extremo a otro, y orilló el pequeño claro lentamente, sin saber exactamente qué buscaba. Vio las hojas de varias matas mordisqueadas, pero ninguna huella, ni humana ni animal. Se detuvo al borde de la selva, donde un viejo chacá había caído, y se acuclilló para observar un apretado enjambre de moscas verdinegras que se agitaban en el suelo de hojas podridas entre la sombra y el sol. Producían un zumbido sorprendentemente fuerte. Con una hoja de escobillo, Sebastián las apartó. Descubrió un grumo negruzco que resultó ser un coágulo de sangre. Buscó alrededor otros enjambres de moscas, pero en vano.

Regresó a la casa. Tomó el libro de ética que le había exasperado ayer y se acostó en la hamaca. No alcanzó a leer un solo párrafo. Cerró el libro, lo dejó caer al suelo. Era imposible permanecer allí. Se levantó y anduvo de arriba abajo por el balcón. Se sentía como un animal que echa de menos su cueva. Extrañó las paredes coloniales que le habían visto crecer. Añoraba la sensación de sentirse dentro. Aquí estaba dentro, era cierto, ya que la selva era como una inmensa caverna; dentro y fuera eran conceptos relativos, y dentro de su casa —como él lo había querido— uno se sentía fuera. Pensó en las palabras de su padre cuando le mostró los planos de su nueva vivienda:

«A mí no me haces vivir allí ni muerto». Un hombre, aunque fuera el más honrado —le había dicho—, necesita sentirse protegido. Era mala la inseguridad. Sólo un salvaje que no tuviera nada que perder podía vivir en tales condiciones. «O alguien tan moderno como tú», había agregado. Sebastián se sonrió, se encogió de hombros con la resignación de un hombre enfermo, y siguió paseando por el balcón.

Se oía el obstinado canto de los grillos y las chicharras, que anunciaban la llegada del calor. Sebastián pensó en sus bosques de palmas del otro lado de la laguna, donde el ruido de los insectos era aún más estridente que aquí. Así, pensó en el pequeño claro donde había ocurrido la tragedia de ayer. Se preguntó si el caimán seguiría allí, y decidió ir él mismo a ver.

El claro estaba vacío. Revivió las escenas con el perro y los policías. Después de buscar un rato, distinguió huellas de botas, y la larga huella del caimán, que había sido arrastrado hacia el sendero que llevaba al Paraíso. Las siguió, y un poco más allá del claro descubrió más huellas de dos distintas clases de calzado. Cerca de la zanja que señalaba el límite de su terreno, se detuvo lleno de indignación. Del otro lado de la zanja estaba el cuerpo desollado del caimán, panza arriba y completamente cubierto de hormigas.

Las huellas de calzado, que nadie había intentado borrar, desaparecían más allá de una cerca de alambre de púas, para convertirse en huellas de cascos de caballos sin herrar.

Sólo en una ocasión había tratado con el viejo Cajal. Recién llegado a la laguna, había solicitado sus servicios como guía, pero el otro había rehusado al enterarse de que Sebastián no veía con buenos ojos la profesión de cazador. Ahora tendría que visitarlo de nuevo. No iría en son de guerra, pero no podía andarse con rodeos; sabía que ésta era la manera de habérselas con esta gente, que despreciaba profundamente cualquier rasgo de debilidad. El viejo, pensaba Sebastián, podría mentir, alegar que no sabía nada de ningún caimán. Con el incidente de Juventino, todo podía presentar otro cariz. Pero si ellos habían osado llevarse la piel, él tenía derecho de inquirir.

El agua de la escasa lluvia de hacía tres noches estaba aún encharcada en las profundas holladuras del ganado. El hediondo fango color caqui era pegajoso, y Sebastián se detenía a cada paso para extraer un pie, y luego el otro, de la tierra con un ruido casi obsceno. Aquí picaba el sol. Atravesó dos o tres potreros, volvió a internarse en una franja de selva, donde el fresco de la sombra le sorprendió, y salió de nuevo al sofocante calor del sol que quemaba los maizales en la parte alta de la hondonada donde estaba el Paraíso. Era casi mediodía y no se veía a nadie fuera de las casas de tablones blanqueados y techos de palma. Aquí atrás estaban los corrales, los gallineros y las jaulas de los perros. Un chumpipe atado a una estaca se paseaba al sol, y una cerda negra se revolcaba en un estrecho charco de fango. Más allá, detrás de un jocotal, había una estructura de bambú que atrajo la atención de Sebastián. Lo que le había parecido una especie de toldo, resultó ser una colección de pieles puestas a secar al sol. Un perro, que no se veía, comenzó a ladrar en son de alarma. Sebastián pasó más allá del gallinero, acercándose a la primera casa, y llamó:

—¡Ave María!

—Buenas —respondió una voz de hombre, neutra. Recostado bajo el alero de la siguiente choza estaba un hombre robusto, de cara ancha y redonda, que sonreía amablemente. Algo de oriental había en él.

—Buscaba al señor Cajal. Me llamo Sosa.

El hombre adelantó algunos pasos y le alargó la mano.

—Mucho gusto. Benigno Semprún.

De pronto, la cara del hombre le pareció conocida.

—No hay nadie. Andan cazando. Salen de día y de noche. No descansan. Son los mejores.

—Ahora lo recuerdo —dijo Sebastián—. ¿No es usted uno de los guardas del Duende?

—He hecho algunos turnos allí. Pero ¿usted ha estado allí? Disculpe si no lo recuerdo. Uno ve tantas caras que todas se olvidan después de algún tiempo.

—¿Vive aquí?

—Una semana de cada mes —dijo Benigno con cierto orgullo—. Plan veintidós. No soy cazador, pero me gusta esta vida. Soy itzá.

Sebastián recordaba su visita al Duende, tres años atrás. Benigno le había sorprendido porque parecía conocer íntimamente la historia de los antiguos pobladores de la región, y no le había hecho relatos incongruentes. Recordó que se había quejado de estar perdiendo la vista. Se volvió hacia el jocotal y preguntó:

—¿Puedo ver esas pieles?

Benigno lo acompañó hasta la curtiembre. La piel del caimán estaba allí, tendida entre las pieles de un ciervo y de un margay. Tenía que ser *su* caimán; el tamaño de la piel, que aún estaba fresca, se lo decía. Se limitó a comentar:

—Bonitas piezas —y agregó, afectando candidez—: ¿No está prohibido?

—Hay leyes contra esto, sí —dijo Benigno—, pero no han llegado hasta aquí.

Anduvieron hasta la última casa, lentamente, con calor.

—¿Puedo esperar un rato a don Francisco?

—Cómo no. Venga a tomar algo a mi casa. Ahora íbamos a comer. Nos servirá mi esposa.

—No, muchas gracias. Es temprano para mí. Un vaso de agua sí le acepto, o una taza de café.

Rodearon la casa y pasaron a la fresca penumbra del interior. En un rincón ennegrecido por el humo estaba María Cajal abanicando el fuego de una cocina rústica. «Es ella», pensó Sebastián, recordando al mismo tiempo una foto de feria en Sayaxché, donde también aparecía Juventino, y al niño de los pescados de ayer. María miró a Sebastián, dejó el abanico junto al fuego, empujó al enorme gato anaranjado que estaba afilándose las uñas en la pata de la mesa y sirvió un vaso de agua de una jarra de plástico verde. Era mucho más joven que Benigno, y Sebastián la encontró muy atractiva. Se sentaron los tres a la mesa, la pareja frente a sendos platos de frijoles negros con arroz, Sebastián frente a un vaso vacío y un tazón lleno de café. La mujer, con mucha tranquilidad, aludió a la muerte de Juventino.

—Y cómo mataron al perro —le dijo a su esposo.

Sebastián trató de no mostrarse sorprendido.

—¿Mataron un perro? —preguntó.

—Primero a él, y luego al perro. —Benigno se rió.

Sebastián sintió de pronto que estaba en peligro. «Aquí todo el mundo sabe quién es quién —se dijo a sí mismo—. Ella sabe que yo sé que fue amante de Juventino». ¿Pero cuánto sabía el esposo?

—Yo era amigo de Juventino Ríos —dijo.

Benigno, que había terminado de comer, miró a su esposa un instante, y luego se puso de pie.

—Muchas gracias —dijo. Dejó su plato en el lavadero y salió de la casa.

María se quedó mirando un rato por la puerta, el polvo rojo descolorido por el sol. Luego habló.

—En este caserío soy la única mujer —se sonrió—. Aunque está mi tía, que tiene más de ochenta años y duerme todo el día. No se imagina lo que es aguantar a estos hombres. ¡Son tan violentos! Yo me quiero largar.

—Benigno parece bastante tranquilo.

—Es el único. Es tan raro... No sé por qué se casó conmigo. —Lo miró—. ¿A qué ha venido? ¿Quiere saber quién lo mató?

—¿Sabes quién fue?

—No.

—No vine a eso, de todas formas. ¿Pero qué es eso del perro? ¿Era de él en realidad?

—Yo se lo regalé. Pero lo dejó aquí cuando se fue. No debió venir aquí así, solo, ¿sabe? Mi tío cree que por culpa suya tal vez nos van a hundir. —Alargó la mano para tocarle el brazo—. Vive solo, ¿no? ¿No necesita una sirvienta? Necesito trabajo, para largarme de aquí.

Benigno apareció a la puerta, sonriente y lustroso con sudor.

—Ya están aquí los señores —anunció, señalando a sus espaldas con un dedo. Se oyeron varios perros ladrar.

Sebastián se puso de pie, dio gracias a María por el café y salió al sol. María, que lo siguió hasta la puerta, le dijo en voz muy baja: «Tenga cuidado».

La repentina familiaridad de la mujer le había inspirado desconfianza. Había tenido la extraña impresión de que ella sabía algo acerca de él que él mismo ignoraba. Sin embargo, se sentía atraído por ella; de modo que se alejó de la casa con un regusto ambiguo.

Frente a la curtiembre estaban cinco hombres con ropas oscuras, rodeados por un inquieto círculo de perros. El viejo Cajal estaba en el centro, y los otros cuatro, inclinados sobre un joven tapir muerto, parecían mucho más pequeños que él. Benigno dijo:

—Alguien lo anda buscando, don Francisco.

Como un solo animal los cinco se volvieron. Benigno presentó a Sebastián.

—Nos conocemos —dijo el viejo.

No hubo apretones de mano, no hubo ningún saludo. El viejo chascó la lengua para hacer callar a los perros, que le ladraban al extraño.

—He venido a molestarlos —comenzó Sebastián—, porque creo que ha habido un malentendido. —Señaló la piel del caimán tendida en la curtiembre—. Ese animal murió en mi tierra. Me pertenece.

Don Francisco escuchaba con aire de impaciencia. Se encogió ligeramente de hombros, y preguntó cómo sabía Sebastián que la piel que estaba allí era la del animal del cual hablaba.

—He seguido unas huellas hasta aquí. —Los miró a todos, uno por uno, por primera vez. Y agregó, dirigiéndose al viejo—: Si me equivoco, pido perdón.

El viejo miró al más joven de sus hombres.

—¿De dónde trajeron ese caimán, Roberto?

El sobrino favorito de don Francisco, el mejor tirador, habló:

—De lo de Coy. Lo hallamos en el lindero.

Sebastián se sonrió y sacudió la cabeza.

—Coy es mi vecino, sí. Pero el caimán estaba de mi lado del lindero.

Alguien dijo por lo bajo: «Este hombre vale lo que el perro».

Don Francisco le dijo a su sobrino:

—Si hallaron eso dentro del terreno del señor tenemos que entregarle el cuero. —Con un brusco movimiento de la cabeza dirigido a la curtiembre, mandó a Roberto a descolgar la piel.

—Pero iba a podrirse donde estaba —alegó el joven al alejarse.

—No voy a discutir por tonterías —le dijo el viejo a Sebastián—. Y sepa que nunca he dejado de pagar un favor. —Con estas enigmáticas palabras, se marchó a paso rápido para desaparecer detrás de la primera casa.

Los primos Cajal se quedaron junto al tapir. Uno de ellos, que tenía un largo cuchillo en la mano, se acercó a Sebastián y se quedó mirándolo a los ojos. Luego se dio la vuelta y se acuclilló, diciendo: «A trabajar». Otro se inclinó sobre el animal para sujetarle una pata delantera, mientras el cuchillo entraba por la base del cuello y rasgaba la oscura piel dejando una estela roja a través del vientre hasta el sexo, que orilló, y el ano. Dos cortes más, rápidos, precisos, y las entrañas rodaron al suelo, y fue el manjar de los perros.

Roberto trajo la piel, enrollada en una caña de bambú.

—¿La va a vender? —preguntó al entregársela a Sebastián.

Sebastián acarició con dos dedos el cuero suave y caliente (el sol) con olor a cal apagada.

—No lo creo —dijo. Echó una mirada por encima del hombro al tapir ya casi completamente desollado—. Adiós —dijo, y nadie contestó. Se fue por donde había llegado, sin volver la vista atrás.

Después de almorzar solo, pues Reginaldo no regresaría hasta más tarde, colgó la piel en el tendedero, descolgó su ropa, que ya estaba seca, y se fue a dormir la siesta. Atravesando el claro donde estaba la casa, vio su corta sombra enredada entre sus pies, y pensó en la cama con asco pero también con anhelo. Había puesto sábanas limpias, pero el colchón seguía húmedo. Se tendió cerca del borde, sin bajar la mosquitera. Se cubrió los ojos con un brazo. Cantó un pajuil. Cayó en el sueño de la siesta, un sueño claro.

Tardó varios minutos en despertarse. Por fin, levantó las piernas y las dejó caer al lado de la cama, se puso de pie. Las dos horas que había dormido le parecían muy largas, como contaminadas con la noche de ayer. Tenía en la boca un mal sabor, y una extraña sensación en todo el cuerpo. En el cuarto de baño se mojó la cara y se lavó los dientes. Se sintió un poco mejor. «Necesito hablar con alguien», pensó.

Salió al balcón, se sentó en la hamaca. Era la hora para estar allí; las sombras se alargaban y trepaban por los árboles, y los colores triunfaban por fin de la deslumbrante blancura de la luz. Una pareja de loros voló por encima del claro, y sus gritos se fueron alejando como puntos de sonido en una línea recta. Más tarde, un colibrí enano apareció debajo de las palmas del techo, se quedó un momento suspendido sobre la barandilla mirando a Sebastián, y desapareció tan rápidamente que fue como si nunca hubiera estado allí. En las piedras blancas que bordeaban el sendero, había dos lagartijas color turquesa que brillaban en un charco de sol.

Sebastián cerró los ojos. Sintió nostalgia por el tiempo en que todo le había parecido nuevo, y aunque todavía hoy, a veces, todo podía parecerle en cierto modo nuevo, añoraba el abismo que le había separado de la gente del lugar, la ausencia de vínculos de cualquier clase; le parecía que entonces había llegado a disfrutar plenamente de la belleza inhumana que le rodeaba.

«Catalogar insectos hallados en un radio de veinte metros alrededor de la casa», pensó. El Juguete ladraba.

Se levantó rápidamente al oír un remo que golpeaba el costado de un cayuco. Bajó del balcón y se fue despacio hasta los árboles. Apartó unos chipes falsos para ver a María Cajal que se bajaba del cayuco de Juventino. «Viene de la Ensenada», se dijo, sorprendido. María metió un pie en el agua al bajarse del cayuco, que amarró a una raíz de tinto. Se quitó la sandalia de plástico, le sacudió el agua. Luego se quedó mirando los dos senderos que subían el empinado ribazo, sin saber cuál tomar.

Sebastián apareció en lo alto.

—María —le dijo—. Qué haces por aquí.

María subió a su encuentro. Era sin duda la mujer más atractiva de la región, alta, enhiesta. ¿Por qué la había abandonado Juventino? Se acercaba parsimoniosamente, con una sonrisa vaga, como reflexionando, mirando alternativamente el camino de barro y raíces y al hombre que aguardaba inmóvil en lo alto. Cuando se detuvo a un paso de él, Sebastián vio las gotitas de sudor sobre sus labios y en la punta de su nariz.

—¿Lo molesto?

—No. Al contrario. Me alegra verte.

—¿Está solo?

—Reginaldo fue a Sayaxché —y agregó con un revoloteo en el estómago—: No regresa hasta las seis.

—Pues mejor —dijo María. Se pasó la mano por la frente—. ¿Ha ido a lo de Juventino?

Sebastián no había pensado en ir.

—Da lástima —siguió María—. Vivía tan solo. Ese cayuco y su fusil era todo lo que tenía. Y ese ranchito, que parece casa de perro, tan pequeño que es.

—Vivir así le gustaba —dijo Sebastián, como en defensa del muerto.

—Sí. —María adelantó un paso muy corto—. Déjeme que trabaje para usted. Déjeme que le sirva.

Sebastián no dijo nada. Sus cuerpos estaban muy próximos, y una intimidad animal floreció entre los dos.

—Haré todo lo que usted me pida. No me tiene que pagar, si no quiere. Con que me dé techo y comida...

—Sí. Quiero. —La voz de Sebastián sonó cavernosa. Pensó desordenadamente que ella podría ayudarle a penetrar el misterio de anoche.

—¿Le gusto, don Sebastián?

—Sí.

La lancha llamada *Malaria* surcaba lentamente el agua verde chícharo del atajo del Caguamo, un canal rectilíneo cubierto con un techo de ramas. El comisario Godoy apartaba las ramas que amenazaban con tocarle la cara. «Este lugar me sienta bien —pensó—. ¡Pero qué gente!». Por la mañana le había visitado el comisionado militar, para pedirle que investigara más a fondo a Sosa en relación con la muerte de Ríos, y por la tarde el juez de instrucción le había enviado un auto de registro. Todo el mundo sabía que ambos eran amigos del viejo Cajal. El militar era adicto a la carne de tapir, imposible de encontrar en el mercado; y el hijo del juez tenía un famoso restaurante en Flores, especializado en caza, cuyo principal proveedor era Francisco Cajal. (El alcalde de Sayaxché, por otra parte, era el anfitrión de un norteamericano que venía cada año a comprar pieles.)

Salieron al Amelia, y al poco tiempo alcanzaron al lento cayuco del Escarbado, con sobrecarga de gente y animales. La estela de la lancha de aluminio, que lo adelantó rápidamente, provocó gritos de susto, que parecieron de júbilo, en los pasajeros. El agua verde entró por la borda.

—¿No ve lo que hace? —le dijo el comisario al agente Ba, que piloteaba—. ¿No ve cómo van de cargados?

—Es culpa de ellos, jefe —replicó el agente—. Llevar tanta carga es ilegal.

El cayuquero acercó a la orilla su embarcación, mientras los kekchíes achicaban el agua con recipientes de plástico de distintos colores.

La *Malaria* siguió, se perdió al doblar el próximo recodo. Unos minutos más tarde llegó a la laguna, con una bandada de malaches que volaban bajo gañendo como marranos. A media laguna, el comisario alcanzó a ver una figura femenina que remaba de pie en un pequeño cayuco.

—Ésa es la Cajal —dijo el agente Ba.

—Hombre —dijo el comisario—. Qué vista tiene usted.

Atracaron en la orilla, y el Juguete empezó a ladrar.

Sebastián, que estaba tendido entre los almohadones, en la sala, se incorporó. Se puso una camiseta y salió al balcón. Una luz suave, plateada, jugaba sobre la laguna, más allá de los árboles oscuros.

—Disculpe que aparezca así —dijo el comisario, que estaba al pie de la escalera—. ¿Puedo pasar?

Subió las gradas de dos en dos. Sebastián logró sonreírse y le dio la mano. El comisario se sacó del bolsillo una hoja de papel doblada en cuatro. La extendió.

—Es una orden de cateo —dijo, y arqueó las cejas, ¿con resignación?, al mirar el papel—. Está firmada por el juez.

Sebastián la leyó rápidamente, con un ligero mareo.

—¿Puedo echar un vistazo?

—Sí. Cómo no. Pase.

El comisario entró en la sala, la recorrió con una mirada apreciativa. Dijo: «Bonito lugar». Fue despacio hasta la esquina donde estaban los almohadones. Allí había una toallita blanca, y envuelta en la toallita estaba la membrana de los huevos de pescado, desgarrada. El comisario no le prestó atención. Se volvió a Sebastián.

—¿Qué es ese olor?

—Es el olor de la selva, entra con la brisa.

—¿Tiene un armario? —preguntó, súbitamente serio.

Sebastián lo guió hasta el dormitorio, donde, más allá de la cama, había dos grandes baúles que formaban un ángulo recto con los tabiques.

—Todo lo que tengo, aparte de lo que está a la vista, lo tengo aquí. En éste hay libros, y en el otro ropa.

Antes de registrar los baúles, el comisario se puso de rodillas para mirar debajo de la cama. Con un gruñido, metió una mano y sacó un objeto largo, oscuro, que al principio Sebastián tomó por un remo, o una escoba; pero al instante reconoció su error y se dijo a sí mismo que lo que le mostraba el comisario, que seguía hincado de rodillas con el entrecejo arrugado con menos enojo que sorpresa, no podía ser un viejo fusil, pero que era justamente eso, el viejo fusil de Juventino Ríos, con sus iniciales grabadas en la madera casi negra de la culata.

—Jota erre —dijo el comisario, poniéndose de pie—. Me temo, don Sebastián, que después de todo tendrá que acompañarme a Sayaxché.

## II

Cuando hacía una semana que Sebastián estaba encerrado en la prisión de Sayaxché —un cuartucho de bloques con barrotes de hierro en la puerta y en la ventana— su abogado le envió de la capital un telegrama en el que le decía que al día siguiente sería puesto en libertad. A Sebastián le costaba creerlo. Al ser arrestado, había tenido la certeza de que su vida tendría un mal final. No le habría sorprendido mucho si el telegrama hubiese dicho: «Mañana te ejecutarán». Recordó el fusilamiento público de un homicida que había presenciado cuando niño con un grupo de compañeros de la escuela, y luego acudieron a su memoria una serie de ejecuciones librescas. Pero el abogado, desde su primera visita dos días después de que Sebastián fuera arrestado, le había asegurado que no tenía nada que temer. El que el fusil de Juventino fuese hallado en su casa era un detalle embarazoso, que le convertía en delincuente, pero no en asesino: el arma homicida era otra. Sebastián tuvo que declarar que lo había tomado por motivos sentimentales, pagar una multa por «ocultación de accesorios», y hacer un obsequio al juez de instrucción. Las cosas se habían complicado cuando las pruebas de la parafina que le hicieron a Sebastián resultaron positivas, pues él le había dicho al juez que hacía años que no disparaba armas de fuego. Fue entonces cuando Sebastián trató de explicar lo que ocurrió la noche en que los cazadores lo visitaron, pero su abogado perdió la paciencia y le dijo que sería mejor inventar otra historia.

—¿Tienes confianza en Reginaldo? —le preguntó—. Eso espero, porque vamos a necesitar que nos cubra las espaldas.

Reginaldo tuvo que ir al tribunal a declarar que había sido él quien le quitó la piel al caimán, y que había visto a Sebastián disparar un fusil para asustar un venado que llegaba a comer a su frijolar.

La víspera de su liberación, Sebastián compartió la celda con un joven llamado Jacinto Gutiérrez. Tenía el pelo muy corto y una cabeza casi perfectamente redonda, con una fea cicatriz en la nuca, donde había recibido un machetazo «por pura equivocación».

—¿Por qué estás aquí? —le preguntó Sebastián.

Era de noche. Una vela pegada al suelo de hormigón en el centro de la celda lanzaba hacia las paredes y hacia el techo las sombras de los dos reos, que estaban sentados en una estera. Jacinto se miraba las manos, delgadas y oscuras; alzó los ojos para mirar a Sebastián.

—Por no llevar papeles.

Jacinto husmeó el aire con expresión de disgusto, y Sebastián se dio cuenta, con cierto asombro, de que el denso hedor de aquel cuarto había dejado de molestarle. Lo percibía sólo al respirar profundamente, o cuando movía la cabeza con brusquedad.

Se oyó el motor de un jeep que doblaba la esquina, y se apagó frente a la comisaría. Sebastián sintió de pronto una presión en el pecho.

—Vienen por mí —dijo Jacinto, y se puso pálido.

Unos minutos después un policía abrió la puerta y dos soldados entraron en la celda.

—Jacinto Gutiérrez —dijo el policía, y Jacinto se puso rápidamente de pie.

Uno de los soldados se colocó detrás de Jacinto y le dio un fuerte empujón hacia la puerta. Sebastián vio la cicatriz en la nuca del joven que desaparecía un instante. El policía cerró la puerta. «Van a matarlo», pensó Sebastián.

Durmió poco esa noche. Ya estaba acostumbrado a la dureza del suelo y a los bichos que vivían en la estera, pero pensaba en Jacinto. ¿Adónde, y por qué, se lo habían llevado? Clareaba el día. «Ya debe de estar muerto», se dijo, y por fin se durmió.

Los soldados llevaron a Jacinto en el jeep a un barracón en las afueras del pueblo. En el barracón, bajo una lámpara de gas que colgaba de la viga central, aguardaban dos hombres con rasgos aindiados, uno muy pequeño, con insignias de sargento, y otro alto y fornido que vestía pantalones camuflados y camiseta negra. Por la crucecita que éste tenía tatuada en la frente Jacinto comprendió que era el torturador. Sentaron a Jacinto en una silla de madera con respaldo recto, le ataron firmemente. Jacinto cerró los ojos, y el torturador le escupió en la cara.

—Mirame —le dijo el sargento—. ¿Sabés por qué secuestraron a Constantino Paz?

El torturador le dio a Jacinto un golpe con la mano abierta en la mejilla.

Jacinto volvió los ojos a la pared del barracón, y sintió la impresión caliente de los cinco dedos en su cara. Fue como si el golpe le hiciese revivir su pasado de combatiente: las primeras manifestaciones, cuando era estudiante de Derecho en la Universidad Popular, la librería y la pequeña imprenta que abrió en Huehuetenango y que la policía destruyó cuando se supo que allí habían sido impresos ciertos volantes, la huida a los Cuchumatanes y los meses de entrenamiento con el comandante Poc, la larga lucha cuerpo a cuerpo con un camarada una noche a la orilla del Chixoy a causa de una joven ixil, las campañas en la selva petenera bajo el mando del Padre Pierre.

—¡Contestá! —gritó el sargento, y el torturador administró otro golpe, esta vez con el puño y en la nariz.

El Padre Pierre, que diez años atrás había dejado el hábito y el púlpito por el traje camuflado y el galil, había acampado la noche anterior con un grupo de cinco hombres, entre ellos Jacinto, río arriba, más allá del parque arqueológico del Ceibal. Habían navegado en dos lanchas rápidas desde la confluencia del Lacandón, y en dos ocasiones dejaron el río y cargaron las embarcaciones a través de la selva para rodear los retenes del Altar de Sacrificios y del Planchón de las Figuras. Iban a Sayaxché a secuestrar a un hombre llamado Constantino Paz, que había sido el hombre de confianza del Padre antes de la catástrofe que había dejado sin tierra a treinta y tantas familias de colonos chortíes, y enfurecido y desilusionado al Padre hasta tal punto que se convirtió en guerrillero. (La cooperativa del Lacandón había progresado rápidamente, y cuando, obligados por las circunstancias —la ausencia de caminos, el largo trayecto por río hasta Sayaxché, que encarecía enormemente la mercancía, las maniobras de los especuladores, la imposibilidad de almacenar los granos en aquel clima—, tuvieron que vender sus cosechas a un destacamento de insurgentes establecidos en la Sierra Lacandona, sus campos y sus viviendas fueron bombardeados por la Fuerza Aérea Nacional.) Paz se había convertido en el líder de los colonos que no habían tomado las armas con el Padre, a quienes el ejército había cedido en arriendo parcelas dispersas por el territorio del Petén, y los que, ahora, planeaban volver a sus campos, abandonados a la selva hacía diez años. Creían, o decían creer, que el Padre los había engañado, que los había hecho dejar sus tierras de Oriente para aislarlos en medio de la selva con la mira puesta en abastecer a las tropas insurgentes del comandante Poc. Pero las tierras pertenecían a ellos tanto como a los campesinos rebeldes, y el Padre quería convencer a Constantino de que era mejor aguardar para evitar una pequeña guerra sin cuartel, hasta el momento en que fuera posible dividir con ecuanimidad las tierras abandonadas entre todas las familias pioneras.

Aquel día, el Padre había mandado a Jacinto en una de las lanchas a comprar el aguardiente que serviría para emborrachar a Constantino. Jacinto había arrimado la lancha a una tienda flotante de la aldea El Resbalón, y tuvo la mala suerte de ser visto por un agente viajero, con quien había compartido un banco en la universidad. Jacinto no reconoció inmediatamente a su antiguo compañero, que estaba en tierra, del otro lado de la tienda, bebiendo cerveza en compañía de dos guardias rurales. Fito Arango, el agente viajero, vendía artículos de plástico para una firma japonesa en las Verapaces y en el Petén. Para él, las palabras «comunismo» y «guerrillero» tenían una carga emocional tan negativa como pudieron tenerla «herejía» o «Satanás» para un tragasantos primitivo. Al ver a Jacinto, le dio la espalda, y dijo algo por lo bajo a uno de los guardias.

Cuando Jacinto hubo pagado el aguardiente, los guardias subieron a la tienda flotante, fueron hasta la lancha y lo arrestaron. Fito Arango se volvió para mirarlo cuando le ponían las esposas, y en ese momento Jacinto comprendió lo que había ocurrido.

—Sabemos que estabas con el Padre. Soltaron a Constantino pero está tan socado que no puede hablar. Vas a decirme dónde acamparon, hijo de puta, y después le vas a dar las gracias a este señor cuando te mate.

Jacinto se pasó la lengua por los labios y gustó su propia sangre. «No me cubrieron las espaldas», pensó, incrédulamente y con rencor.

Más tarde, mientras el torturador le explicaba cómo pensaba desollarlo, se dijo a sí mismo que aunque al principio quizá podría resistir, terminaría por hablar. Y aunque no llegara a hacerlo, sus compañeros lo supondrían y lo tratarían como a un traidor.

—Está bien —dijo—. Voy a hablar.

No mintió más que al afirmar que el grupo que había acompañado río arriba constaba de quince hombres en lugar de cinco. Así, obligaba al sargento a actuar con cierta prudencia, y con menos rapidez, pues tendría que movilizar toda una compañía.

—¿No querés babosearme?

—No.

—Júralo.

—Lo juro.

El sargento sacó la escuadra de su cartuchera, y le asestó un tiro a Jacinto en el corazón.

Poco antes del alba, los hombres del sargento ya estaban apostados a ambas orillas del río cerca del sitio donde los rebeldes habían tenido secuestrado a Constantino. Cuatro helicópteros sobrevolaron el área poco después de la salida del sol, y dejaron caer bombas incendiarias para trazar una línea de fuego e impedir una posible retirada tierra adentro. El viento soplaba del este, en dirección al río, pero a media mañana, después de un momento de calma, una brisa llegó del norte, y un poco más tarde un ventarrón cubrió el cielo de nubes y arrastró las llamas tierra adentro. Los rebeldes no fueron capturados, y el incendio se propagó durante nueve días hasta la confluencia del Amelia con La Pasión, a pocos kilómetros de las tierras de Sebastián en el lado alto de la laguna.

Aunque su padre y algunos amigos le habían dicho que después de lo ocurrido era imprudente seguir viviendo en aquel lugar, Sebastián no pensaba dejar la laguna. De vez en cuando experimentaba un malestar que no era puramente físico al recordar los días pasados en la cárcel. Y el recuerdo de Jacinto —veía su cabeza redonda que se echaba bruscamente atrás para ocultar la cicatriz en la nuca— hacía más agudo el malestar.

La última noche del incendio, Sebastián había ido en la lanchita con Reginaldo hasta la lengua de tierra donde terminaba su terreno, separado de la tierra por un antiguo canal maya, y juntos habían visto un interminable desfile de insectos, reptiles y mamíferos, que buscaban del otro lado del agua un refugio contra las llamas. En pocos días, la pequeña bahía donde estaban el terreno de Sebastián y la posada de Richard Howard se había convertido en una guarida sobrepoblada.

Los cazadores no habían tardado en darse cuenta de que, al menos hasta que las grandes lluvias no comenzaran, el único sitio donde les sería posible matar era la franja de tierra hacia el interior de la bahía y los bajos de la Ensenada. Sebastián, que había decidido hacer todo lo posible por evitar confrontaciones con los cazadores, solía pasear por los senderos que rodeaban sus tierras, para ahuyentar a los animales antes de la llegada de los hombres, que solían venir cuando la luna estaba alta o un poco antes del amanecer. Caminaba dando golpes a los árboles con su bordón y haciendo sonar un silbato, inaudible para las serpientes y los humanos. Sabía que, a pesar de esto, los Cajal habían salido con éxito de varias incursiones en sus tierras. Había encontrado varios troncos de palma podridos —donde se refugian las cotuzas y los tepeizcuintes— cortados con hachas por los cazadores. Esto no le preocupaba. Tepeizcuintes y cotuzas los había quizá demasiados. Pero estaba empeñado en proteger a los felinos, de cuya presencia, después del incendio, podían verse signos frecuentes en su propiedad. Había visto varias veces las pisadas con su contorno circular, sin marcas de uñas. Los primeros días, había hallado excrementos encima de una piedra y sobre el tocón de una palma. «Así hacen —le había dicho Reginaldo— cuando no están en su lugar». Algunos días más tarde le contó que el Juguete había hallado un «cagadero de tigre» —un agujero escarbado en la tierra y cubierto de hojas muertas— y esto significaba que un macho quería determinar su territorio. Sebastián quería que los animales se sintieran seguros aquí, para que, incluso cuando llegaran las lluvias y pudiesen volver a refugiarse tierra adentro, sintieran que no era necesario partir, que tenían más probabilidades de salvarse si permanecían en sus tierras.

Casi sin darse cuenta, Sebastián comenzó a rehuir el trato con la gente. Vivía más aislado que nunca, y le causaba una extraña satisfacción pensar que su presencia era invisible. El evitar ser visto por la gente de los alrededores llegó a convertirse en una obsesión. Y así, al cabo de unos meses supo por Reginaldo que en Sayaxché y en el Escarbado, y aun en la posada, la gente decía que Sebastián ya no vivía allí.

Los arqueólogos habían vuelto a Punta Caracol. Los mayores, los que ostentaban más títulos y publicaciones, habían sido alojados en las cabañas, y los neófitos, en tiendas de campaña debajo de dos cobertizos de palma. La excepción eran Félix Díez, un joven costarricense, y Antonia, su compañera italiana, quienes vivían apartados del grupo en una choza junto al agua, que en tiempos había servido para alojar a los peones que trabajaron en la construcción de la posada. Richard Howard, que sentía admiración por sus dibujos y réplicas de objetos mayas, le había concedido este privilegio, que permitía a la pareja una intimidad envidiada por los otros, obligados a vivir en comunidad.

Félix era pequeño, rubio y a menudo arisco.

Sus actividades eran solitarias, mientras que los demás arqueólogos solían trabajar en grupo; él vivía a un ritmo distinto del de los otros. Trabajaba de noche, y a veces se acostaba después del amanecer. Trabajar de noche no era un capricho; en realidad, era lo ideal. De día estaban el calor y los mosquitos —el sudor copioso y la intoxicación a fuerza de dosis masivas de repelente, que debían ser aplicadas una y otra vez. De noche, con una linterna de caza alrededor de cuya luz a veces se formaban densos remolinos de pequeños insectos, trabajaba al fresco, envuelto en un manto de sonidos y oscuridad.

Nada había expresado su desaprobación de esta práctica en más de una ocasión.

—¿Por qué no puede tratársele como a los otros? —había dicho una tarde durante el almuerzo, a la mesa con Richard, el doctor Davidson y cuatro arqueólogos más, entre los que estaba Antonia. Lo dijo en voz baja al oído de su esposo, pero Antonia le oyó: le clavó los ojos un instante, y no dijo nada.

—A mí me parece natural —dijo Richard, que estaba prudentemente sentado en la otra punta de la mesa, porque Otto andaba por ahí—. No es como los otros. Además, no molesta a nadie. —Buscó la mirada de Antonia—. Quería hablarle, pero como yo vivo de día es mejor que usted le dé mi recado. —Se sacó de un bolsillo un pequeño aparato negro y lo puso en la mesa frente a Antonia—. Es un contraveneno. Da descargas eléctricas. Félix parece creer que las serpientes no salen de noche, pero es mejor tomar precauciones. Yo llevo uno conmigo todo el tiempo. Dígale que se lo regalo.

—¿Cómo funciona?

—La descarga parece que rompe los vasos capilares.

Antonia tomó el aparato y se aplicó los polos, cromados y fríos, al dorso de la mano. La descarga le hizo exclamar, «*Cazzo!*» y su brazo sufrió una sacudida.

El doctor Davidson le pidió a Richard que le alcanzara la salsa borracha.

—Es como la chiapaneca —explicó Nada—, con un poco de cacao en oro y chile huaque. La diferencia es la base de cerveza.

El doctor untó un poco de salsa en un pedazo de tortilla.

—¿Qué fue de su vecino, al que arrestaron? —preguntó.

—Lo soltaron poco después.

—¿Y cómo es eso? —preguntó con sorpresa el doctor.

—Fue su cocinero el que lo salvó —le dijo Nada—. Declaró que Sebastián había disparado para espantar un venado que llegaba a comer a su frijolar, y parece que encontraron allí unos restos de sangre, aunque tal vez no era de venado. Tono, el hijo de don Lencho, andaba diciendo que todo eso era mentira, que había sido Reginaldo quien disparó para asustar el venado que él hirió, pero claro, no quiso ir a declarar porque no tenía derecho de andar cazando en esa tierra.

—No entiendo nada —dijo el doctor.

—Cuéntale lo del sueño —le dijo Richard a Nada.

Nada se inclinó sobre la mesa.

—Dicen que está medio loco, que deliraba. Tenía una historia acerca de una visita que le hicieron. Su abogado, parece, le aconsejó que se la guardara.

—Él me dijo a mí —dijo Richard sonriendo— que sólo así podía explicarse lo de esas pruebas. Pero en fin, pudo mentir. Benigno, ¿lo recuerda, doctor? El guarda itzá que descubrió aquella vasija en el Duende y no se la quiso robar, no lo quiere a Sebastián. No lo culpo, si no lo quiere. Le dio dinero a su mujer, ya sabe quién es ella, para que lo pudiera abandonar. ¿No había oído lo de la visita, verdad doctor?

El guacamayo descendió con un ruidoso aleteo sobre la cabeza de Nada. Ella lo tomó con ambas manos y se lo puso en el regazo. Lo abrazó, le sujetó la cabeza suavemente. Le dio tres besos rápidos en el pico. «¿Quién es tu mamá?», le preguntó. Volvió a tomarlo con ambas manos, y lo lanzó al aire por encima del barandal, más allá de las pitayas. Lo vieron volar en línea recta y posarse sobre un papayo.

—A mí, la verdad —dijo Nada—, no me caía muy bien. Por copión, entre otras cosas. Parece que ha mandado poner paredes más altas en su casa, y rejas en sus ventanas. Pero ya no se le ve por aquí.

—Miren, una serpiente —dijo el doctor, señalando el papayo— allí.

Un taxi destartalado, con agujeros en el suelo por los que entraba el polvo, llevó a Véronique dando tumbos durante más de dos horas hasta Sayaxché. Era mediodía cuando cruzó el río en un pequeño cayuco de motor. En la playa de guijas blancas y calientes, habló con el mayor de los hermanos Conusco, quien la llevó en una lanchita de aluminio a Punta Caracol.

Véronique llegó a la posada extenuada por el viaje bajo el sol de la tarde. Un muchacho, todavía adolescente, bastante alto y con rasgos mayas, la llevó hasta una cabaña elevada del suelo por pilares de madera en un claro entre las palmas y los árboles.

Cenó sola en el comedor abierto, y oyó por primera vez, con sorpresa al principio y con un poco de miedo, los aullidos de los saraguates. Cuando el muchacho, que además de hacer de botones hacía de camarero, le dijo que eran una especie de simios, Véronique, que seguía escuchándolos con atención, se sonrió al pensar que producían esos ruidos con la intención de intimidar. ¿Desde cuándo lo hacían?, se preguntó. Tal vez al principio, en el alba del tiempo, sus rugidos habían surtido efecto; pero ahora, le parecía, gritar así era una práctica ridícula. Sin embargo, más tarde, tendida en su cama con los ojos abiertos, mientras veía a través del cielo raso de tela metálica los destellos de las luciérnagas y oía el vuelo de los murciélagos, los rugidos y aullidos de los simios, que ahora sonaban muy cerca, no la dejaban pensar tranquilamente, y cada vez que comenzaba a hundirse en el sueño le hacían volver a la superficie con sobresalto.

Por la mañana un rayo de sol dividió en dos la habitación y dejó una franja de sombra a los pies de la cama.

La luz, reflejada en el agua quieta de la laguna, era como una red vasta que jugaba en el interior del alto techo de palmas y vigas blancas. Véronique quiso recuperar alguna escena de su último sueño, en el que Sebastián había aparecido fugazmente, pero no lo consiguió. Había llovido por la noche, y se oían de vez en cuando las gotas que caían de los árboles al techo de palma.

El comedor estaba desierto. Desde la cocina llegaban voces de hombres y mujeres. Una de las mujeres, la que estaba ostensiblemente al mando, hablaba con un acento que parecía colombiano. Véronique se sentó a la misma mesa de ayer, en cuyo centro había una orquídea blanca en un vasito de cerámica esmaltada. El reflejo de los árboles a la orilla del agua, que no se movía, confundió la mirada de Véronique; el paisaje cambió bruscamente cuando se dio cuenta de que lo que había estado observando era el reflejo de los árboles y no los árboles reales.

—¿Oyó la tormenta de anoche? —le preguntó Wilfredo cuando le trajo el café.

—No oí nada.

Wilfredo se sonrió y regresó a la cocina. No fue él quien trajo el plato de frutas y las tostadas, sino una mujer joven, de piel morena, robusta: era Nada.

—El hotel es maravilloso —le dijo Véronique.

—¿Tú a qué te dedicas?

—A nada.

—Espero que no te molesten los arqueólogos, que acaban de comenzar a trabajar.

—¿En qué?

—En esto —dijo, y miró a su alrededor—. Punta Caracol era un centro de comercio maya.

—Tengo un amigo que vive por aquí —le dijo Véronique a Nada—. Fue él quien me recomendó el hotel. Sebastián Sosa, ¿lo conoces?

La expresión en la cara de Nada había pasado de la sorpresa a la incomodidad, casi al enojo.

—Lo conozco, sí.

—Su casa, ¿queda por aquí?

—Si no la ha vendido. Hace meses que no lo veo. Las malas lenguas dicen que ha estado enfermo.

—¿Enfermo?

—Sí —dijo Nada, y Véronique vio en sus ojos un brillo malicioso—. Enfermo de la cabeza.

Véronique se rió, una risa corta, nerviosa.

—¿Es posible? —dijo.

—Son sólo rumores —agregó Nada con cautela—. Lo cierto es que ha tenido problemas con la gente de aquí. Se metió con la mujer de uno. ¿Eres muy amiga de él?

—No. Lo conozco apenas, en realidad.

Nada parecía aliviada.

—Bueno —dijo, y se puso de pie—. Te dejo.

—¿Dónde queda su casa? —le preguntó Véronique—. Me habló mucho de ella. Me gustaría verla, aunque él no esté.

Nada miró hacia la laguna, y ahora no había ninguna expresión en su cara.

—Está en la otra punta de la bahía. Si quieres ir, Wilfredo puede llevarte en uno de los cayucos, más tarde, cuando termine lo que tiene que hacer aquí.

Véronique sintió una ligera nostalgia al pensar que no vería a Sebastián. No lo conocía bien, era cierto, pero durante su viaje por las ciudades del sur se había permitido pensar con ilusión en visitarle en su refugio en medio de la selva. El sitio era casi cual él lo había descrito, menos hostil de lo que Véronique había imaginado. «Lástima que no volveré a verlo», pensó.

—Cuidado —le dijo Wilfredo, que ya estaba en el cayuco—, es muy celoso. Tantito que se mueva, da vuelta.

—Y yo no sé nadar. ¿Adónde vamos?

—Allá —dijo Wilfredo, y señaló la punta del otro lado de la bahía, donde los árboles eran más altos.

Dos veces, cuando se inclinó para ver una tortuga que flotaba sobre un tronco y cuando quiso cambiar de posición para componerse la falda, la embarcación se ladeó peligrosamente y un poco de agua entró por la borda. Sin embargo, cuando ya iban a media bahía, Wilfredo se puso de pie para remar.

—Así uno hace menos fuerzas —le dijo—. Con un poco de práctica, usted puede hacer lo mismo. La cosa es aprender a echar el peso donde se debe, en el buen momento, y después uno puede hacer lo que quiera.

Véronique metió cautelosamente una mano en el agua color óxido, se refrescó la cara, los hombros. El sol ya estaba alto y absorbía los colores del paisaje, que se disipaban en una bruma tenue y luminosa.

Cuando se acercaron a la empinada orilla de tierra y de piedras cubiertas de musgo, de la que surgían aquí y allá las raíces de los árboles, un perro comenzó a ladrar. Wilfredo llamó:

—¡Don Reginaldo!

El perro, que seguía ladrando, bajó corriendo por la escalera labrada en las raíces y la tierra. Un mulato de torso musculoso apareció en lo alto. «Cállese, Juguete», dijo, y bajó algunos escalones.

—Buenos días, Wilfredo, ¿en qué te puedo servir?

Véronique se agarró de una rama y saltó a tierra. El mulato la miraba con ojos alegres, y se sintió intimidada. Bajó los párpados y vio las raíces gruesas como trompas de elefantes que se hundían en la tierra arcillosa junto a sus pies. El perro había dejado de ladrar, la husmeaba. Véronique le dijo a Reginaldo que buscaba a Sebastián.

—Me invitó a venir hace algunos meses. Me han dicho que ya no vive aquí, pero me gustaría ver la casa.

Reginaldo se rascó la cabeza antes de contestar.

—Se la enseñaré con mucho gusto, señorita, pero ahora mismo iba a salir.

Por la tarde Véronique, que había pasado un buen rato aprendiendo a remar, volvió sola al terreno de Sebastián.

—Don Sebastián está esperándola —le dijo Reginaldo, mientras el Juguete le lamía los pies a Véronique por entre los lazos de sus sandalias—. Quieto, Juguete.

—¿Don Sebastián? —exclamó Véronique; la sorpresa, en lugar de alegrarla, la había asustado.

Reginaldo la condujo por un sendero de grava blanca por donde pasaban filas de hormigas que cargaban hojas enteras, a través de la selva húmeda hasta un pequeño claro, donde estaba la casa de techo circular como sombrero de hongo que se tostaba al sol.

—Cuidado dónde pone los pies —le advirtió Reginaldo cuando salieron de la penumbra bajo los árboles a la luz de la tarde—. Comienza el tiempo de las culebras, y andan buscando el sol.

Al pie de la escalera que subía a la casa, el mulato llamó:

—¡Don Sebastián! La señorita está aquí.

Sebastián salió al corredor. Tenía el pelo largo y estaba pálido.

—¡Qué sorpresa! —exclamó.

Después de mostrarle la casa y explicarle que recientemente había hecho varios cambios, como el poner rejas en las ventanas del dormitorio y un sistema de alarmas, la invitó a sentarse en un rincón donde había una alfombra de corteza de palma rodeada de almohadones.

—No tienes color en la cara —le dijo Véronique.

—Salgo poco al sol —contestó.

Un momento después, Véronique se sintió obligada a decir algo.

—Es en verdad precioso este lugar. Comprendo que quieras vivir aquí. ¡Estoy impresionada!

—¿En serio? Pues me alegro. —Sebastián irguió la cabeza y luego se inclinó hacia Véronique—. Aunque no es el paraíso, tiene algo que no he experimentado en ningún otro lugar.

—Me han dicho que has tenido problemas con la gente de los alrededores.

—Es verdad. Casi todos son cazadores. No les dejo cazar en mis tierras.

—¿Y por qué las rejas y las alarmas?

—Alguien se metió una noche mientras yo dormía.

—¿Y para qué?

Sebastián hizo una mueca vaga y sacudió la cabeza. Dijo:

—No sé. Tal vez sólo para asustarme. Es algo de lo que no me gusta hablar.

Véronique lo miró con desagrado y se puso de pie. Se acercó a una de las ventanas sin rejas y se quedó mirando el agua por entre los troncos de los árboles. Atardecía, y en la laguna, más allá de una armonía de verdes y grises, estaban los colores del cielo con pequeñas lenguas doradas. Sebastián se volvió en los cojines para decirle a Véronique:

—Todo es demasiado complicado. Ni yo sé con seguridad lo que pasó.

Véronique volvió a sentarse en los almohadones frente a Sebastián.

—Si quieres explicármelo, te escucho —le dijo.

Reginaldo llegó un poco más tarde con una bandeja, y bebieron té.

—Si has venido remando —le dijo Sebastián a Véronique—, deberías pensar en volver. Se hace de noche de un momento a otro.

—No tengo ganas de volver.

—¿No? ¡Pues quédate aquí! Hay lugar de sobra. Yo dormiré aquí. Tú puedes encerrarte en mi cuarto.

Como Véronique no decía nada, Sebastián continuó:

—Reginaldo irá por tus cosas a la posada. Les dirá que yo no estoy aquí, que te quedas sola.

Véronique agradeció la invitación.

—Pero ya he pagado —dijo—. Y el precio incluye una excursión al Duende. Me gustaría ir.

—Puedes ir. Wilfredo te llevará por la mañana a la posada, y más tarde si quieres vuelves aquí.

—Deja que lo piense un momento.

Terminaron de beber el té, y Véronique decidió quedarse. Reginaldo fue a recoger las tazas vacías, y un poco más tarde Véronique y Sebastián le vieron pasar detrás de la cortina de árboles en la lanchita de aluminio, remolcando el cayuco de la posada. Cuando volvió con las maletas de Véronique, ya estaba oscuro. Sebastián encendió dos lámparas de alcohol, y bajaron a cenar en el ranchón de la cocina.

Era una noche caliente, sin brisa. Sebastián metió la mosquitera debajo del colchón al pie de la cama que le había preparado a Véronique.

—Si te levantas —le dijo— no te olvides de quitar la alarma. —Señaló un interruptor y cerró la puerta.

Véronique había apagado su luz, y unos minutos más tarde Sebastián se puso alrededor del cuello la cadena con su silbato, tomó su bordón y salió de la casa. Se fue despacio por el sendero, sin encender la linterna porque la luna, que menguaba, daba todavía bastante luz. Aun bajo los árboles, podía ver el camino; en las zonas más oscuras, bajo los corozales, había una especie de hongos con una tenue fosforescencia. Sebastián no golpeaba los árboles con el bordón ni hacía sonar el silbato. Quería andar un rato en silencio, con la esperanza de ver algún animal. Sabía que en una vuelta del sendero podía aguardarle una sorpresa, quizá desagradable, pero su deseo era más grande que su miedo.

Llegó hasta el límite del terreno, al borde del canal. De la parte más alta del ribazo llegaban de vez en cuando los graznidos de los malaches, y el incesante ruido de ranas y sapos estaba en todas partes. Se quedó junto al canal, que estaba casi vacío, mirando el agua oscura de la laguna, la islita cubierta de vegetación a pocos metros de la orilla, y el cielo estrellado. Un pájaro echó a volar ruidosamente, los micos agitaban las ramas y gritaban como suelen hacerlo cuando el peligro viene de abajo y no de arriba.

*«Bre ke ke kek»*, hizo una rana, y otra contestó desde lo alto con un sonido metálico.

Aquella noche Félix, al terminar su trabajo —el bajorrelieve de un dintel que había reproducido en una especie de cartón piedra elaborado con las raíces de un arbusto palustre y una mezcla de yeso— se había dirigido al canal maya más allá del lindero del terreno de la posada, por el sendero entre las sombras y la luz de la luna que caía desde lo alto de los grandes árboles. Una línea de agua brillaba en el fondo del zanjón de piedra, y del otro lado estaba de espaldas un hombre que miraba hacia la laguna. De pronto el hombre se volvió, y encontró la mirada de Félix. Cambiaron algunas palabras con resonancias teatrales. Félix bajó al fondo del canal y subió al otro lado.

Había oído hablar de Sebastián. Sabía que no frecuentaba a nadie, que vivía más o menos escondido, que tenía un criado llamado Reginaldo.

—¿Te importa si paseo por tu terreno? —le preguntó; le dijo su nombre, y le dio la mano.

—Vamos por aquí —dijo después Sebastián, y comenzaron a caminar hacia su casa.

Pasaban junto a unas familias de hongos fosforescentes, y se detuvieron un momento a escuchar los *brek ke ke kek* y los *br weum br weums* de las ranas.

—Muy fin de siglo —dijo Félix.

En la cocina de Sebastián, a la luz de una candela, siguieron conversando, mientras los insectos se inmolaban en la llama. Sebastián le contó a Félix cómo había venido a vivir a la laguna, le habló de su discordia con los cazadores, y Félix simpatizó con él.

—Lo que le hace falta a tu terreno es una tumba maya —dijo Félix.

—¿Qué quieres decir? —preguntó Sebastián, divertido e intrigado.

Félix se puso de pie.

—Nada. Nada. —Sacudió la cabeza—. Pero nadie caza en la tierra de Howard.


Véronique estaba despierta cuando Sebastián regresó a la casa. Lo llamó desde el cuarto.

—Si quieres que entre —le dijo Sebastián con la cara muy cerca de la puerta—, oprime el botón para apagar la alarma.

—No —contestó Véronique—. Es que me asustaste. No sabía si eras tú.

—Fui a dar una vuelta.

—¿A estas horas? Son las cuatro.

—¿Has estado despierta mucho tiempo?

—No.

Sebastián se alejó de la puerta y fue a sentarse entre los almohadones. En vez de colocar la mosquitera, se untó la cara y los brazos con una crema repelente. Se echó encima una manta de algodón y le dijo a Véronique:

—Espero que puedas volver a dormirte.

Como si las palabras de Sebastián hubiesen tenido un efecto opuesto al deseo que expresaban, ella no podía dormirse. Se preguntaba si el poderoso ruido que llenaba la noche era producido solamente por las ranas y los insectos. «*Br weum br weum br weum*», se oía —una llamada profunda y quejumbrosa—; y: «*Cok cok cok cok cok*», cinco veces en menos de un segundo. Pero el sonido más estridente era un rápido «*krak krak*», una nota tan alta y seca que hacía pensar que el órgano que la producía iba a romperse de tanta tensión.

Sintió por Sebastián una desconfianza instintiva. ¿Por qué se había dejado atraer hasta aquí? Ahora estaba a su merced, y lo resentía. Poco a poco, las voces se habían ido callando allí fuera, comenzaban a oírse los gritos claros de los pájaros y Véronique supo que pronto amanecería.

Cuando desayunaban con Reginaldo en la cocina, Véronique le preguntó a Sebastián:

—¿Paseas siempre por las noches?

—Sí.

—¿Por qué?

—Para asustar a los animales.

Véronique se rió.

—Eso sí que está bien —dijo, y se puso seria.

Reginaldo había bajado a la orilla para limpiar la lancha, porque durante la noche se había llenado de hojas muertas. Cuando hubo terminado, subió a preguntarle a Véronique si quería ir a Punta Caracol.

En la posada, Nada recibió a Véronique muy cordialmente.

—¿Se duerme mejor allá? —le preguntó.

«Sabe que hay alguien en la casa —pensó Véronique—. Sabe que está Sebastián».

—No —dijo—. El ruido es igual.

La excursión al Duende la deprimió —no sólo el calor húmedo, pegajoso, y las nubes de mosquitos que no dejaban de hostigarla, sino también el aspecto militar de la antigua ciudad que dominaba la laguna desde lo alto de una escarpa natural. Los frisos de la plaza principal con sus hileras de cráneos labrados en la piedra musgosa, la estela con el gobernante que mostraba un pene mutilado y un jaguar que sangraba por la nariz, aun el guarda de cara redonda y ojos rasgados que le explicó que los mayas creían en la telepatía, todo le había parecido demasiado chocante y amenazador. Ahora que navegaba de vuelta a la posada por el angosto arroyo entre las zarzas marchitas, la brisa le hizo sentirse un poco mejor. El ronroneo del pequeño motor tenía una cualidad infantil, y los recodos del arroyo, tan cerrados que casi formaban círculos, causaban una curiosa sensación de intimidad.

En la playa de la posada, Nada discutía con dos hombres, ambos vestidos de negro. Uno de ellos tenía un costal a sus pies, con algo que se movía dentro.

—¡Pero ustedes mataron a la madre! —gritaba Nada.

Wilfredo varó la lanchita y Véronique saltó a tierra. El hombre del costal se inclinó, como para saludarla, y entonces Véronique vio que tenía un fusil colgado al hombro.

Nada había sacado tres gatitos del costal, y trataba de sacar el cuarto, que se negaba a salir. De pronto, dando un gruñido, saltó fuera. Echó a correr playa arriba hacia unas matas. El cazador puso su fusil en el suelo, tomó el costal, dio cuatro o cinco zancadas, y lanzó el costal sobre el cachorro. Lo levantó, tomándolo por el cogote, y volvió para entregárselo a Nada.

Nada le acarició la cabeza al gatito, que cerró los ojos. Producía un fuerte ronroneo, como un pequeño motor.

—Quiero venderlos, doña Nada —dijo el hombre—. Se van a morir.

—Pues que se mueran. Ojalá hubiera alguna forma de hacértelo pagar. Si sirviera de algo, te denunciaba.

El cazador miraba al suelo.

—Lleva a doña Véronique a su casa —le dijo Nada a Wilfredo, y sin decir más se alejó hacia el comedor y siguió por el andén de madera que se perdía bajo la sombra de los árboles.

—Voy a traer más gasolina, doña Véronique —dijo Wilfredo.

Véronique estaba acuclillada, y se dejaba lamer los dedos de la mano por uno de los cachorros.

—No tengo prisa —dijo—. Qué animalitos más lindos.

—Si quiere, señorita —le dijo el cazador en un tono muy formal—, la llevamos nosotros a su casa. —Se arrodilló sobre las piedras frente a Véronique y comenzó a meter los gatitos en el costal. El otro cazador ya estaba en el cayuco, un cayuco tres veces más largo que el de la posada.

—Gracias —dijo Véronique—. Está bien. Voy con ustedes. —Se volvió a Wilfredo—: Ya estoy harta del ruido de ese motor.

El cazador se había sentado en la punta del cayuco, mirando a Véronique.

—Me llamo Roberto —le dijo. Tenía su fusil atravesado sobre los bordes del cayuco, y dejaba que su compañero hiciera todo el trabajo. Este remaba a un ritmo constante, hundiendo el remo sin hacer ruido en el agua. Roberto sacó del costal uno de los cachorros.

—Éste es el más malo —dijo—. Señorita, mírelo. ¿No le gusta? Vale cien quetzales.

—Es un encanto. —Véronique le tocó suavemente las orejas redondeadas, afelpadas y casi traslúcidas—. ¡Es tan delicado!

El pequeño margay la miraba con sus ojos enormes de noctámbulo; los entrecerraba de tiempo en tiempo con un aire de hipocresía y de dignidad.

—¿Qué comen? —quiso saber Véronique.

—Animalitos. —Roberto sonreía grotescamente—. Cazan de noche, en las ramas de los árboles.

—No voy a poder resistirme —dijo Véronique—. Voy a comprárselo.

Llegaron a la orilla; no estaba la lancha de Reginaldo, y el Juguete no ladró. Roberto preguntó en voz baja:

—¿No está el don?

—¿El don?

—Sebastián.

—No.

—¿Está sola?

—Sí.

Roberto saltó a tierra y ayudó a Véronique a bajar del cayuco.

—El señor de aquí no me quiere —dijo—, porque soy cazador.

El otro cazador mantenía el cayuco en su lugar apoyando el remo en el horcón de un tinto. Véronique sacó de su monedero un billete de cien quetzales doblado en tres. Lo extendió y se lo dio a Roberto.

—Es el destino —continuó Roberto—. El lugar de cada quien en el mundo. Yo soy como ese gatito. Mientras más y mejor pueda matar, mejor vivirá. ¿Qué se le puede hacer? ¿Qué cree usted? ¿Que soy un pobre tipo? Pues no. Aunque no tengo mucho dinero, vivo bien. Pero eso no basta. Quiero tener hijos, y algo hay que dejarles. Mientras haya animales en la selva, yo seré cazador. Este señor no entiende. Él debería ponerse a pelear con los finqueros, que son los que arrasan con los árboles para hacer sus potreros, o con los militares, que por achicharrar a dos subversivos queman no sé cuántas caballerías de selva. Pero en vez de eso se mete con nosotros, que queremos a los animales tal vez más que él.

—Supongo que tienes razón —le dijo Véronique en voz baja.

—¡Yo sabía que usted era inteligente! —exclamó Roberto. Miró a su alrededor—. Es muy bonito este lugar. ¿Y cuánto tiempo piensa quedarse?

—Todavía no lo sé.

—Cuidado se enamora —le dijo él— y ya no se puede ir.

Al entrar en la casa, Véronique vio a Sebastián que dormía en la hamaca. Su postura —con la cabeza que colgaba por un lado y un brazo por el otro en ademán de abandono— parecía más bien incómoda. Dejó el cachorro en el suelo, y éste corrió hacia un rincón para subir al baúl lleno de libros y trepar por el tabique de madera, por la tela metálica de la ventana y finalmente por uno de los pilares de los que colgaba la hamaca, hasta el horcón más alto, donde se quedó agazapado. Véronique se tendió sobre los almohadones en el otro extremo de la habitación.

El cachorro descendió sigilosamente por el lazo de la hamaca, como un experto equilibrista, y de pronto saltó sobre la cabeza de Sebastián.

Sebastián se sentó en la hamaca.

—Disculpa —le dijo Véronique.

—No importa. De dónde lo sacaste.

La cabeza del cachorro era cuneiforme y armoniosa como la de un leoncito, y sus ojos saltones despedían oscuros destellos verdes. Sebastián le tomó una pata, peluda, oval, y lo forzó a estirarla para que extrajera sus pequeñas garras de cazador.

—¿De dónde lo sacaste? —insistió, con un tono de incriminación.

Véronique, en actitud arisca, se encogió de hombros, y no respondió. Tomó al cachorro y se alejó unos pasos.

—Me lo regalaron —dijo finalmente, y le dio un beso al cachorro en la cabeza. El cachorro dio un bufido, se revolvió entre los brazos de Véronique.

—Déjalo —le dijo Sebastián, y volvió a tenderse en la hamaca con una sonrisa—. No es un gato.

Véronique lo dejó caer al suelo, porque la había arañado. El cachorro corrió hacia el baúl de los libros y volvió a trepar hasta el horcón más alto de la habitación. Allí se quedó agazapado, mirando fijamente, ahora a Véronique, ahora a Sebastián. Véronique se sonrió.

—Es un poco excéntrico —dijo.

—¿Quién te lo regaló? —le preguntó Sebastián en tono amistoso pero con una nota falsa.

—Un cazador —respondió Véronique—. Se llama Roberto. Es joven y guapo.

—¡Pero Véronique! —Sebastián dejó caer las piernas de la hamaca y se puso bruscamente de pie—. Sabes que... Te lo expliqué. Somos enemigos.

—Sí —dijo Véronique sin perder la calma—. Pero tú no le caes tan mal. No le gusta que le compliques la existencia, nada más. Él también quiere a los animales.

—Ya, ya. ¿Le dijiste que estoy aquí?

—Me lo preguntó. Le dije que estaba sola.

—Gracias —dijo él, y sacó el aire de los pulmones—. Olvídalo. —Alzó los ojos para mirar al margay, que seguía observando lo que ocurría en el cuarto—. Habrá que buscarle algo de comer.

—¿No es problema?

Sebastián fue a pararse directamente debajo del horcón donde estaba el cachorro, y un momento más tarde éste se dejó caer sobre su cabeza.

—Vamos a buscarle un sitio oscuro para que pase el día, y a la noche lo traeremos aquí.

Félix fue despertado más temprano que de costumbre por una familia de saraguates que se habían puesto a gritar en un árbol muy cerca de su choza. Había trabajado mucho la noche anterior, y no tenía nada que hacer hasta el día siguiente, cuando los arqueólogos le traerían una nueva serie de objetos para dibujar o reproducir. Antonia le había comprado hacía poco una lanchita de aluminio a un comerciante del Escarbado, para no depender de Nada cuando tenía que ir de compras, y Félix decidió tomarla para visitar las cuevas del Duende. Llenó de agua con limón una vieja cantimplora, tomó un pequeño machete que colgaba de un clavo sobre su catre, y se puso al cinto una linterna y el contraveneno eléctrico que Richard le había regalado.

—Yo tengo mucho que hacer. Diviértete —le dijo Antonia.

Apagó el motor, y con el remo impulsó la embarcación para vararla en el fango junto a los tintos al pie de la escarpa cubierta de árboles. En una pequeña meseta en el costado de la escarpa había un huerto de naranjos y limones y una choza de caña, donde vivía el guarda, Benigno Semprún.

—Me acuerdo de usted —le dijo Benigno a Félix, y se dieron la mano. Tenía los ojos entrecerrados, para protegerlos del sol—. ¿Viene a dibujar las estelas?

—No. Quería conocer la cueva donde nace el arroyo. ¿Se puede ir a pie?

—Se puede. Si quiere lo acompaño.

Benigno entró en su choza, y salió un momento más tarde con un machete largo como un sable y un sombrero de paja de ala ancha. Atravesaron la meseta y bajaron por el otro lado de la escarpa. Anduvieron durante más de una hora por una selva de pequeñas palmas. Aquí, los matapalos eran delgados, semejantes a los troncos que abrazaban. Las lianas, en cambio, eran prósperas, masivas; subían y bajaban, hacían roscas y enredos monstruosos, o se entrelazaban armoniosamente unas con otras, y se arrastraban por el suelo como las serpientes. La selva terminaba bruscamente en un cerco de alambre de púas; más allá, en un potrero donde crecía una ceiba que parecía que no proyectaba sombra, pastaba un hato de cebúes acartonados y blancos. Atravesaron el potrero hasta la hilera de árboles que ocultaban el arroyo, y siguieron bajo la sombra hasta una colina yerma, donde el agua brotaba de la boca rasgada de una pequeña caverna.

Benigno se arrodilló en las piedras verdes junto al agua para beber. Hundió la mano en el agua cristalina y se mojó la cabeza. Fue entonces cuando Félix vio la serpiente, que tenía la mitad del cuerpo en el agua. Era negra y gruesa como un bastón. Sus colmillos despidieron una luz amarillenta. Benigno retiraba la mano cuando la serpiente se la mordió.

—Mátela —le dijo Benigno a Félix. Se apretaba la muñeca y miraba a la serpiente, que se escurría entre las piedras hacia la caverna—. Tome mi machete, es más largo que el de usted.

En la mano de Benigno, en la base del pulgar, había dos puntos de sangre. Félix lo observaba con una especie de avidez. Se arrodilló junto a él pero no tomó su machete. Benigno respiraba rápido, y miraba fijamente las piedras entre las que había desaparecido la serpiente.

—Hay que matarla —insistió, pero fue como si dijera: hubiera habido que matarla. Si hubiese estado solo, quizá habría ido tras ella, para cortarle la cabeza y luego hincar los dientes en su cuerpo. Era parte del ritual, antes de buscar las yerbas para masticar y hacer el emplasto que podría salvarle la vida. Pero Félix le sujetaba la muñeca con una mano, mientras que con la otra tomaba del cinto el contraveneno eléctrico.

—Le voy a dar unos toques —le dijo—. No se vaya a asustar.

Aplicó los polos de descarga cinco veces alrededor de la mordedura, y el brazo de Benigno sufrió cinco sacudidas. Luego arrancó el barbiquejo del sombrero de Benigno para hacerle un torniquete. Benigno, que había cerrado los ojos, tenía en la cara una expresión de mal humor. «No la vi. Ya no veo bien», repetía en voz baja. Su mano estaba hinchada, la piel tensa era amarilla.

—Voy a buscar unas yerbas —dijo después.

—No le conviene moverse —le dijo Félix.

Benigno se puso de pie, lentamente, y fue hasta unos arbustos al lado de la cueva. Se agachó para arrancar un puñado de yerbas al pie de los arbustos, y se las echó a la boca. Félix lo siguió, y tomó una hojita —parecida a la hierba carmín— y después de estrujarla se la puso en la lengua. Escupió, pero en su boca quedó un sabor amargo.

Benigno se había sentado a la sombra de las rocas. Se sacó de la boca una bola roja y pastosa.

—Vamos a ver qué pasa —dijo.

No se oía más que el murmullo del agua.

—¿No quiere tratar de salir? Podrían curarlo en Sayaxché. Yo puedo cargarlo —dijo Félix.

Benigno se rió.

—Soy más grande que usted —dijo.

—Soy bastante fuerte —dijo Félix.

—Aquí estoy bien. Si su aparato funciona y las yerbas me ayudan me puedo salvar. Y si voy a morirme, prefiero que sea aquí y no en Sayaxché. —Cerró los ojos. Ahora respiraba despacio, regularmente.

Emprendieron el camino de regreso unas tres horas más tarde. Benigno andaba muy despacio, y parecía fatigado, pero estaba contento, orgulloso de su resistencia y de su suerte.

—El aparato ayudó —dijo cuando llegaron a su choza y se sentaron cerca del fogón bajo el techo ennegrecido por el humo. Puso una jarrilla llena de agua sobre las brasas moribundas y las sopló con la boca. Después de preparar el café, se tendió en una hamaca vieja y remendada.

—Me ha salvado la vida —le dijo a Félix, y volvió la cabeza lentamente, buscando su mirada—. ¿Cómo se lo puedo pagar?

—No sé —contestó Félix sin sonreír.

Parecían dos hombres a punto de concluir un negocio.

—Pero voy a pagárselo —prosiguió Benigno en un tono grave—. Aunque no sea con dinero.

Félix bebió un poco de café. Era débil y dulce.

Benigno se puso de pie, fue hasta su camastro, y se arrodilló para sacar un bulto envuelto en plástico y en varias hojas de periódico. Lo puso sobre la mesa frente a Félix.

Félix tomó el bulto y deshizo el envoltorio.

—Venderlas es ilegal, y para mí nada vale el riesgo de ir a parar a la cárcel. Les he dado otras a los arqueólogos, pero ni siquiera han escrito en sus libros quién las encontró —dijo Benigno.

Era una vasija maya policromada, cilíndrica, más alta que ancha.

—Un tesoro —dijo Félix.

—Es para usted.


Véronique y Sebastián habían ido a pasear por el sendero que atravesaba el terreno. A menudo Véronique se detenía para admirar un árbol gigante, un cedro rojo cargado de lianas que subían y bajaban serpenteando, ya buscando la luz, ya huyendo de ella, o un pucté moribundo, rebosante de orugas y de orquídeas, o un canelo asfixiado por un matapalo y que, tumbado entre sus compañeros que parecían sostenerlo con sus tentáculos para que no tocase el suelo, era como una andrajosa, desmedida *pietà*.

Bajaron por el sendero de grava hasta el agua, donde había una playa de guijas en un claro entre los arbustos.

Sebastián logró animar a Véronique a meterse en el agua. Hizo que se extendiera de espaldas a flor de agua, sosteniéndola con los brazos. Le enseñó a flotar.

—Si te quedas algunos días, aprenderás a nadar.

—¿Dónde está Reginaldo? —preguntó Véronique, y su vientre se hundió en el agua.

—Tiene una semana de descanso —le dijo Sebastián, mientras se espantaba un tábano.

Véronique lo miró con desconfianza. «¿Quién cree que soy?», pensó. Y luego se sonrió al preguntarse a sí misma: ¿Quién soy?

Al salir a la orilla, Véronique, actuando como por impulso, le había echado los brazos al cuello y le había besado los labios. Luego, confundida por su conducta, se había separado bruscamente y había corrido hacia la casa, mientras Sebastián se metía de nuevo en el agua y se hundía buscando lo más fresco.

Cuando hacían sobremesa después de almorzar, oyeron que alguien llamaba desde la orilla:

—¡Doña Verónica!

Era Roberto. Con una mirada, Véronique le preguntó a Sebastián: «¿Qué hacer?». Sebastián se puso de pie. «Ve a ver», dijo por lo bajo, y salió de la cocina para meterse en la choza de cañas donde dormía el margay. Dentro estaba oscuro, y las agujas de luz que penetraban por las rendijas entre las cañas, en vez de alumbrar, parecía que hacían más negra la oscuridad. El ojo de Sebastián fue atraído por una de las agujas, y, como ensartándose en la luz, Sebastián miró fuera.

Poca cosa lo separaba del exterior. Las cañas dejaban pasar los gritos de los pájaros, el murmullo de la brisa en las ramas y en las hojas secas y negras de los bananos. Roberto estaba frente a Véronique bajo el alero de la cocina. Su pelo negro y mojado dejaba ver los surcos del peine, y su cara tersa parecía recién afeitada. Vestía una camisa blanca y los pantalones negros de siempre, sólo que planchados, y en la mano tenía un ramillete de flores.

—Pensé que le gustarían.

Sebastián respiraba despacio, y apartó la mirada para hundirla un momento en la oscuridad. Fuera, los dos seguían hablando. Véronique no aceptaba las flores, y Roberto insistía en saber por qué. Véronique le decía que eran preciosas —«Ésta, sobre todo»— pero que no las podía aceptar. Lo invitó a beber algo, y Sebastián, que había puesto de nuevo el ojo en la aguja de luz, los vio que entraban en la cocina. Todavía podía oír sus voces.

—Y el cachorro, ¿qué va a hacer con él?

—Voy a llevármelo a París —anunció Véronique.

—Pobre animal —dijo Roberto.

—Sí. Le haré quitar las uñas.

Sebastián dejó de escuchar. Ahora oía el ronronear del joven margay, y podía adivinarlo acurrucado en un horcón. «Nunca irás a Europa», dijo. Pensó en salir y decirle a Roberto que se largara. ¿No era eso lo que esperaba la mujer?

Oyó risas, y a Véronique que gritaba:

—¡No! ¡Roberto! —y más risas entremezcladas—. Suelta, no quiero tus flores.

Era un juego. Sebastián podía ver las dos figuras, dos siluetas, a través de los tabiques de caña; avanzaban y retrocedían.

—¡No, ya está bien! —gritó Véronique, y salió de la cocina. Tenía una flor en el pecho. Se la quitó y la tiró al suelo.

Sebastián fue hasta la puerta de la choza y la entreabrió. Roberto había salido de la cocina y estaba frente a Véronique bajo el sol.

—Bueno, doña Verónica, ya me voy.

—Hasta luego.

Desapareció al bajar por el ribazo. Desde la orilla subió su voz:

—¿Puedo volver otro día?

—Pasa cuando quieras. Pero no me traigas más regalos. —Véronique recogió la orquídea y se volvió hacia donde estaba Sebastián; estaba sonrosada.

—Qué cara tienes —le dijo cuando Roberto se hubo alejado.

—¿Cara de qué? —dijo Sebastián.

—No sé. Oscura. ¿Estás enojado?

—Por qué.

—Pareces estarlo.

—Olvídalo.

Véronique entró en la cocina y puso su flor en un vaso de agua.

—No me hace mucha gracia tu amistad con Roberto —le dijo Sebastián desde la puerta—. ¿No lo comprendes?

—Sí. Lo comprendo muy bien. He decidido mudarme al hotel. ¿Podrías llevarme?

—Si es lo que quieres...

«Sí —pensó Véronique—, eso es lo que quiero». Le parecía haber visto, debajo de la tranquila superficie de los modales de Sebastián, algo turbio, violento: el oscuro color de los tiranos.

Mientras terminaba de hacer sus maletas, Sebastián intentó disuadirla de llevarse el cachorro. Estaba de pie frente a ella, al lado de la hamaca. Véronique le volvió la espalda.

—No me digas lo que tengo que hacer.

El cielo, hasta el horizonte, estaba cubierto de nubes bajas y oscuras. De vez en cuando soplaba una ráfaga de viento con olor a lluvia. Antes de subir al cayuco, Sebastián cubrió con un poncho de caucho los bolsos de Véronique y la caja de cartón donde habían metido al margay, que arañaba desde dentro y no dejaba de maullar.

—Vamos.

Véronique remaba en la punta; lo hacía concienzudamente, una palada a la derecha, una a la izquierda, sin perder el tiempo. Cuando ya iban a mitad de la bahía, sin embargo, comenzó a cansarse, y de vez en cuando su remo chocaba contra el costado del cayuco. En una ocasión, el remo se le escapó de las manos, y tuvo que inclinarse bruscamente hacia un lado para recuperarlo. El cayuco se ladeó, y fue en ese momento cuando Sebastián decidió lo que tenía que hacer.

En vez de compensar el movimiento, inclinándose hacia la izquierda, lo siguió, echando el cuerpo a la derecha, y el agua entró de golpe en el cayuco. El cayuco dejó de desplazarse, empezó a hundirse. Ya tenían el agua en la cintura, y la falda amarilla de Véronique se abombó en la superficie. Sebastián se echó al agua, y el cayuco dio la voltereta.

—Agárrate del cayuco —le dijo a Véronique, y se rió al ver su expresión asustada. Se volvió para mirar los bultos, que se hundían lentamente—: Creo que a todo eso tendrás que decirle adiós. El agua es muy profunda aquí.

De la caja de cartón, que flotaba todavía, llegaban los ásperos maullidos del margay.

—Salva al cachorro. —Véronique se había aferrado a la punta del cayuco.

Sebastián miró la caja, que flotaba en el agua pardusca. Gruesas gotas de lluvia comenzaban a caer ruidosamente.

—¡Sálvalo! —gritó Véronique.

—Si no insistes en llevártelo.

—Eres increíble. No insisto. ¡Sálvalo!

—Tranquilízate —le dijo Sebastián, y fue por la caja.

Bajo la lluvia oblicua, Sebastián nadaba sin hundir la cabeza, donde llevaba el margay que temblaba y daba de maullidos, empujando hacia la orilla el cayuco panza arriba con Véronique agarrada a la punta.

Dos o tres semanas más tarde Félix fue a visitar por segunda vez a Sebastián. Era de noche y llovía ruidosamente, con viento. Hilillos de agua bajaban por los gruesos troncos de los árboles, y el sendero estaba alfombrado con flores caídas violetas y blancas. Félix se cambió de brazo el bulto en el que llevaba la vasija y sacudió el agua de lluvia de su sombrero de paja. Sebastián lo invitó a sentarse en el corredor, cerca de un brasero donde ardía el copal. El viento hacía sonar las palmas del techo, y el agua de lluvia goteaba desde el alto toldo de los árboles.

—Es una buena pieza —le dijo a Sebastián, y puso la vasija sobre la mesa baja del corredor, donde ardía una candela—. Me gustaría saber qué dice Davidson si un día llega a sus manos. ¿No hay cavernas en la Ensenada?

—Sí —dijo Sebastián—. Las hay.

Cuando Félix volvió a dejarlo solo, Sebastián se quedó un rato mirando la fina lluvia de insectos que caía sobre la mesa; algunos estaban moribundos, con las alas recién quemadas en la llama temblorosa de la candela. Recordó los dibujos de los códigos de Dresde y de París, y los del código apócrifo de Quiroz, que era una profecía, y en cuya última página, dentro de un marco hecho de ceros mayas, había una pirámide que hacía pensar en un reactor nuclear; en la cúspide aparecía un sacerdote colibrí envuelto en llamas. Contemplaba la vasija: las antiguas figuras de animales con caras de hombres y hombres con caras de animales, las pisadas humanas que describían espirales y que al atravesar una franja vertical parecía que se convertían en escarabajos, la greca de pequeñas calaveras de frente y de perfil.

Se puso de pie, tomó la vasija, entró en la casa y cerró la puerta rápidamente. El margay había crecido bastante en las últimas semanas, y, de noche, pasaba buena parte de su tiempo en la viga que remataba sobre la puerta, al acecho de una oportunidad para escapar. En una ocasión se había escabullido al lado de Sebastián, pero Reginaldo, que estaba fuera en el corredor, le había echado encima el impermeable que llevaba enrollado en un brazo.

—Ya podría soltarlo —dijo Reginaldo. Había envuelto al margay en el impermeable para impedir que le arañara, y se lo dio a Sebastián—. Estos nacen y ya saben cazar. Con el tamaño que tiene ningún gavilán ni ningún tecolote se metería con él.

—Uno de estos días —había dicho Sebastián. De entonces acá, el cachorro había destruido varios almohadones y la alfombra de la sala.

Sebastián puso la vasija sobre el baúl de los libros, y luego fue a tumbarse en los almohadones, que sangraban miraguano, y la alfombra desgarrada. El margay había bajado de su viga para comprobar que la puerta estaba cerrada, y luego saltó al baúl de los libros. Dio dos vueltas alrededor de la vasija. La husmeaba.

—¡Margay! —llamó Sebastián—. ¡Ven aquí!

El margay obedeció; lo hacía cada vez con menos frecuencia. Dejó que Sebastián le acariciara la cabeza. Su ronroneo era potente.

Sebastián pensó un momento en Véronique, que le había mandado una postal de París. Deseó tenerla allí. De pronto, el margay se apartó de Sebastián, miró rápidamente a su alrededor, como si estuviera asustado, y después corrió hacia el baúl y trepó por la pared y la ventana hasta las vigas más altas.

—¿Qué pasa? ¡Ven! —dijo Sebastián, pero el margay sólo lo miró una vez desde atrás de una viga y luego se ocultó.

Sebastián pensó en Roberto. En su mente se formaron varias imágenes: Juventino tendido entre los árboles con un agujero en la frente, el caimán desollado cubierto de hormigas, el fusil de Juventino debajo de su cama, la prisión de Sayaxché; Roberto vestido de negro y recién bañado con un ramillete de flores para Véronique. Y mientras tanto, inventaba la manera de hacerle daño. Hacía tiempo que tenía deseos de hacerlo, y ahora, al ver que al dañarle podía obtener un beneficio, no se contuvo como otras veces, sino que se dejó llevar por la imaginación.

Hacía tiempo que Roberto no mataba más que tepeizcuintes y cotuzas. No era que los animales se estuvieran acabando —al menos no aquí—, pero se habían hecho más escurridizos. Los otros cazadores habían llegado a la conclusión de que «los habían salado», y hasta el tío Francisco había dejado de salir a cazar, para dejar pasar la mala racha. Roberto, en cambio, pasaba a solas en la selva mucho más tiempo que antes. Su tarea era doblemente difícil, obligado como estaba a cazar en tierra de Sebastián, y aunque creía que éste le tenía miedo, no podía dejar de sentirse como alguien acosado, perseguido.

En el aire de la caverna, parecido al de la noche pero más denso, había un aleteo de murciélagos. Roberto, con un chorro de luz que manaba de su frente, avanzaba doblado hacia adelante bajo las estalactitas cubiertas por una capa de musgo color ocre. Iba muy despacio, para no hacer ruido, y con cierto temor. Había entrado en la cueva siguiendo el rastro de un gato. Las huellas le habían parecido sospechosas, quizá demasiado regulares, y se le ocurrió que alguien podía haberle preparado una celada.

Conocía bien esta caverna, al menos hasta cierto punto. De modo que cuando llegó al sitio donde una cortina de estalactitas descendía hasta casi tocar el suelo, decidió detenerse. Sabía que del otro lado de la cortina la cueva volvía a hacerse espaciosa. Hacía algunos años, unos huecheros de Santa María habían encontrado allí algunos objetos mayas, y la gente decía que ahora eran hombres ricos que vivían en la capital. Benigno, sin embargo, aseguraba que los hombres habían enfermado y muerto no mucho tiempo después de su descubrimiento. Todavía quedaban algunos cacharros rotos en la caverna, pero los que habían tratado de venderlos habían comprobado que carecían de valor, de modo que hacía bastante tiempo que nadie entraba a buscar nada allí dentro.

Para seguir adelante era necesario echarse al suelo y arrastrarse, y, sabiendo que el animal podía estar del otro lado, Roberto no quiso arriesgarse. Si estaba allí, si no había seguido por el otro ramal, estaba atrapado. Con dos grandes piedras que arrastró por el suelo de limo, obstruyó la entrada, y se sentó, apoyando la espalda en la pared húmeda, para empujar las piedras con los pies.

A la mañana siguiente volvió a la caverna con su hermano menor, Eusebio, que en lugar de fusil traía un pico para cavar. Las piedras que Roberto había usado para obstruir el paso no habían sido movidas.

—Hay que escarbar aquí —le dijo a su hermano, y señaló un punto en la pared arenosa.

De tiempo en tiempo, Eusebio dejaba de cavar y se quedaba atento, esperando oír algo del otro lado. Por fin el pico atravesó la pared.

—Ya —dijo Eusebio, y se apartó para dejar sitio a su hermano.

—Mira —dijo Roberto.

Se miraron entre sí. En el agujero que habían descubierto había una calavera con el cráneo destrozado, dos puñales de obsidiana, y una vasija de barro con dibujos mayas.

—Hoy sí que la hemos hecho, hermano —dijo Roberto, y empezó a sacar los objetos.

En los ojos de Eusebio, sin embargo, había menos entusiasmo que miedo. Roberto había tomado la vasija cilíndrica, y la examinaba a la luz de su reflector. Alrededor de la boca había una franja de calaveras, y abajo había varios dibujos de hombres con cabezas de animales.

—Dame el costal —le dijo a su hermano.

Mientras Roberto metía los objetos en el costal, Eusebio tomó el pico y siguió cavando.

—¿Qué haces? —le preguntó Roberto.

—¿Y el tigre?

—¡A la chingada el tigre! Si está allí, podemos volver por él.

Eusebio agrandó un poco el agujero, para asomarse a mirar con su luz.

—Allí no hay nada —dijo.

Camino de vuelta al Paraíso a través de la Ensenada, Roberto había terminado por enfadarse con su hermano, que con su aire temeroso le recordaba que estaban actuando como ladrones. Además, el miedo que los objetos desenterrados le causaban a Eusebio debía de ser algo contagioso; era el miedo a un acto cuyas consecuencias ellos no podían conocer, y que, como su ilusión de ganancia era desmesurada, les hacía imaginar consecuencias asimismo desmesuradas. Roberto pensaba: «Es un miedoso. Pero si lo hacemos todo bien, nuestras vidas cambiarán para mejor». Salieron de un túnel de árboles y lianas y siguieron bajo el sol que secaba el barro rojo y quemaba la hierba gris de los potreros.

—¿Qué vas a hacer con eso? —preguntó Eusebio, mirando el costal que Roberto llevaba bajo el brazo.

—Cuando lo decida te lo diré —respondió Roberto.

—Es igual —dijo Eusebio, y luego agregó—: Mejor no me digás nada.

Oscurecía, y había pocos clientes en la cantina de Sayaxché llamada El Rey. La mujer que atendía estaba sentada en un taburete detrás de la barra; tenía dientes de oro, parecía alegre y estaba muy perfumada. Roberto, sentado a una mesa en un rincón, observaba a un extranjero, que estaba de pie, recostado en el muro negro junto a la barra. Sobre su cabeza había una pequeña lámpara, y sus cabellos rubios y erizados resplandecían.

Entró Coronado, el dueño del Rey.

—Buenas noches, señores —dijo, con acento mexicano, y fue hasta la barra—. Vengo con sed.

La mujer se bajó del taburete y le sirvió un vaso de aguardiente.

—Ya pasó el ferry, y ahí viene la riolada —dijo Coronado.

En efecto, poco después entraron en la cantina peones, vaqueros y camioneros. Coronado seguía de pie junto a la barra. El extranjero bebía en silencio a pocos pasos, y Coronado le habló.

—¿Es arqueólogo?

—No.

—Pero lo he visto en el lanchón de Punta Caracol.

—Trabajo allí.

—¿Le gusta el lugar? —Y miró los muros y el techo de lámina de la cantina, pero su mirada iba más allá para abarcar el río, la selva.

—Sí.

—¿Qué pasa en Punta Caracol?

—Poca cosa.

Coronado se rió.

—No me extraña —dijo—. Los muchachos aquí tienen suerte, a veces. —Señaló a un viejo visiblemente ebrio que hablaba con una prostituta en el otro extremo del salón—. Ése fue el que halló la primera estela del Duende. Era chiclero. Fue con el cuento a los arqueólogos, y no le dieron nada. Por eso ahora cuando alguien encuentra algo, no se lo lleva a ellos.

—Desde luego. Si sabe de algo bueno avíseme, Coronado.

Coronado se volvió hacia el viejo ebrio y gritó:

—Llevátela al cuarto, Quincho, que si te echás otro trago no vas a poder hacer nada.

El extranjero dejó su vaso vacío en la barra.

—Hasta la próxima, Coronado.

Félix no tardó en recibir un mensaje de Coronado, en el que le decía que había un hombre que quería vender —no decía qué. Félix respondió que iría a visitarlo unas noches más tarde, y fue a buscar a Richard a su cabaña para proponerle la compra de unos objetos mayas. Aunque la cosa era ilegal, Richard se había mostrado interesado.

Tocaban norteñas cuando Félix volvió al Rey. Coronado lo invitó a sentarse a una mesa bajo una lámpara de pie con pantalla de cartón color violeta.

—Mi cumpleaños fue ayer —le dijo—, pero yo sigo celebrando. Mire.

Las jóvenes que Coronado había hecho venir para celebrar su cumpleaños acababan de descender de sus cuartos. Fueron a sentarse en un sillón no muy lejos de la mesa de Coronado. Una de ellas, toda de blanco, era todavía una niña, pero miraba a Félix con expresión provocativa. Más allá, en un rincón oscuro, un hombre se había levantado bruscamente de una mesa y se había echado sobre una mujer, para arrinconarla contra el tabique de madera.

—Recabrona —le dijo.

—La patojita de blanco —le dijo Coronado a Félix— es de lo mejor que hemos tenido por aquí. Pero es muy cara. Sólo la ha tocado su padre, que la arruinó, y su servidor.

A medianoche, Coronado condujo a Félix a un cuartucho en la parte trasera, donde aguardaba Roberto, sentado en un banquito frente a una mesa de metal.

—Quiero ver —dijo Félix—. ¿No hay más luz?

Coronado estiró el brazo para encender una bombilla desnuda que colgaba sobre la mesa.

La vasija que Félix quería ver estaba allí. Sus colores con la pátina del tiempo eran para los ojos como una caricia muy suave. La tocó, deslizó los dedos por su superficie aceitosa, la levantó con ambas manos, la tanteó. Era sorprendentemente liviana. La puso otra vez en la mesa.

—¿Dónde la encontraste?

—No muy lejos de aquí. Estaba enterrada.

—Pero no estaba sola.

—Sí.

—No es posible. ¿Me dices la verdad?

—¿La quiere, o no?

Félix volvió a tocar la vasija con un dedo.

—Sí. Pero pides demasiado —dijo. Se sacó de un bolsillo un fajo de billetes, contó cinco mil quetzales y los puso sobre la mesa—. Es lo que doy.

Coronado dijo: «Los dejo solos». Salió del cuarto como escurriéndose por la puerta y la cerró.

Coronado estaba muy satisfecho con su último negocio, que le resultó provechoso en varios aspectos. Además de recibir comisiones de agente tanto del vendedor como del comprador, fue recompensado por una tercera persona, que se ocultaba en el anónimo. El muchacho que le había llevado la carta —escrita por una mano educada, que hizo pensar a Coronado en una mujer, antes de leerla, y luego en un abogado— era un hijo natural de Reginaldo con una mestiza del Escarbado, y por eso Coronado sospechaba que era un emisario de Sebastián. La carta hablaba del valor científico de las reliquias que Roberto Cajal intentaba vender a través de Coronado, y le pedía a éste que, en beneficio de la comunidad, colaborara con el autor para evitar que las reliquias fuesen transportadas al extranjero.

Atravesó el salón, donde la música flotaba entre olores de perfumes baratos, humo de cigarrillos y alientos de aguardiente, y salió a la calle iluminada sólo por la luz de las estrellas. El hijo del mulato estaba allí, aguardando.

—Ya estuvo, Batey —le dijo Coronado.

El muchacho asintió con la cabeza, giró sobre sus talones y echó a correr calle arriba, para doblar hacia la comisaría, que quedaba a dos calles del Rey. «Pinche soplón», pensó Coronado. Se refería a Sebastián. Volvió a entrar en El Rey y fue a sentarse a su mesa.

Darle información al muchacho no lo convertía a él en soplón, porque no lo hacía por motivos personales, aparte de la justa remuneración. Pero Coronado sabía que el destinatario de sus informes era el comisario Godoy. No ignoraba que Sebastián y los Cajal se tenían mala sangre, pero el utilizar a la policía para arreglar cuentas personales le parecía innoble.

En la penumbra, Roberto tocaba la piel sedosa de una de las muchachas de Coronado. Su vestido blanco colgaba del respaldo de una silla, y sus zapatos altos, blancos también, estaban a los pies de la cama. En la mesita de luz había una botella de ron recién abierta, dos Coca-Colas a medio beber y dos vasos vacíos. Roberto experimentaba un placer, una sensación de lujo, que no le parecía real. «Esto es lo que sentirán los ricos», pensaba.

—Voy a llevarte conmigo —le dijo a la muchacha, y la penetró una vez más.

La muchacha lo miraba en los ojos y parecía asustada.

—¿Adónde? —gimió.

—Lejos.

Cuando hubo terminado, se separó de ella, y la miró, satisfecho y con un poco de lástima. Pensó en Verónica. La muchacha se puso de pie y comenzó a vestirse en la oscuridad.

—¿Cómo dijiste que te llamabas?

—Lucila.

—¿Cuántos años tenés?

—Quince. ¿Adónde me vas a llevar?

—¿Yo? —Roberto se rió, y en ese momento llamaron a la puerta.

—¿Quién es? —preguntó Roberto.

—Policía. ¿La señorita está vestida? Vamos a entrar. —Una llave entró y giró en la cerradura, la puerta se abrió. Era el comisario Godoy—. Qué tal, Roberto. Disculpe, señorita —hizo una ligera reverencia.

—¿Qué pasa? —dijo Roberto.

El comisario alargó una mano para encender la luz. Tenía la cartuchera suelta. Otro policía estaba detrás de él.

Lucila terminó de vestirse, recogió sus zapatos y salió rápidamente de la habitación.

—Vestite vos también —le dijo el comisario a Roberto—, que nos vas a acompañar. ¿Dónde está el dinero?

—¿Qué dinero?

—No te hagás. Ya te chillaron. El dinero que te dieron por las reliquias.

—¿Qué reliquias?

El comisario hizo una mueca de impaciencia y le dijo al agente que seguía junto a la puerta:

—Buscá el dinero.

—Ustedes sí que sólo a los pobres saben joder —dijo Roberto, y poniéndose de pie, se metió los pantalones.

El agente Ba encontró un fajo de billetes dentro de una de las botas vaqueras de Roberto.

—Te rugen los tamales —le dijo, y le dio el dinero al comisario, quien comenzó a contarlo.

Tres días más tarde Sebastián, que ya estaba cansado de vivir ocultándose, fue temprano en su lancha a Sayaxché para recoger a Reginaldo, quien había ido a Flores a visitar a su madre, y a hacer varios recados. Reginaldo aguardaba a Sebastián en uno de los cayucos de los hermanos Conusco, un gigante de noventa pies con un toldo remozado con palmas todavía verdes. En la playa, a la sombra de la punta del cayuco, estaban los canastos de la compra y los bidones de gasolina. Reginaldo se despidió de Juan Conusco y corrió hacia la punta del cayuco, saltó a la playa, y fue a recibir a Sebastián. Cargaron la lanchita entre los dos, y luego Reginaldo subió por la proa y tomó el remo para apartarse de la orilla. La turbia corriente de La Pasión los ladeó y comenzó a arrastrarlos. Sebastián encendió el motor, enderezó la lanchita y aceleró para pasar cerca de la hilera de cayucos atracados al sesgo en la orilla y luego virar hacia la corriente verde del Amelia. Las aguas habían subido y los zarzales estaban en flor.

Entraron por el atajo del Caguamo; ahora navegaban muy lentamente, bajo la densa sombra de un túnel de tintos y enredaderas.

—Cuéntame qué pasó —le dijo Sebastián a Reginaldo.

Reginaldo se volvió en la punta para mirarlo. Parecía un poco avergonzado.

—Lo agarraron en el Rey y se lo llevaron a la cárcel.

Sebastián sintió la sangre que le calentaba el rostro para revelar su propia vergüenza.

—A ver si aprende —dijo—. ¿Cuánto tiempo crees que lo tendrán dentro?

—Depende. A lo más, un mes o dos.

Volvieron a salir al Amelia, cuya superficie brillaba con monedas de luz deslumbrante como pequeños soles. Era la hora en que los animales se hacían invisibles, salvo las tortugas, que tomaban el sol en los troncos tumbados cerca de la orilla, y los zopilotes que atalayaban desde los árboles la apacible corriente. Reginaldo volvió a mirar a Sebastián.

—Parece que le dieron una paliza —le dijo—, porque no quiso contar dónde escondió los huesos. Usted sabe que a los que lo cuentan les cae una maldición.

—Sé que los huecheros esconden los restos que encuentran en las tumbas para que los muertos los dejen en paz.

Sebastián se alegraba de que Roberto hubiese ocultado los huesos y el cráneo que habían servido para acompañar la vasija en el enterramiento. Los huesos se los había regalado su abuelo, en cuya finca, cerca de Tiquisate, los peones habían encontrado una tumba colectiva, posiblemente Olmeca. Un tío de Sebastián solía decir, medio en broma, que en la finca del abuelo había habido un cementerio clandestino en tiempos de Espina y Guzmán, pero hasta ahora nadie había hecho analizar los huesos para determinar su procedencia.

Por la tarde, al despertarse del sudoroso sueño de la siesta, Sebastián volvió a pensar en Roberto. No había llegado a odiarle, no le temía y no le tenía lástima. «Algún día va a enterarse de lo que pasó en realidad.»

Desde la laguna llegó la voz de Wilfredo que llamaba a Reginaldo. Poco después Reginaldo fue a decirle a Sebastián que Richard Howard lo invitaba a cenar esa noche en la posada.

—Wilfredo está esperando una respuesta.

—Dile que iré —dijo Sebastián. Se quedó un rato más tumbado de espaldas en la cama, mirando el juego de sombras y luz en el alto techo cónico.

Se levantó rápidamente y fue al baño a ducharse y cambiarse de ropa. La invitación de Howard era muy buena señal. Quizá la mala suerte había terminado, pensó. Se puso un par de botas nuevas, tomó una pequeña linterna, que guardaba en un bolsillo de su chaqueta, se untó con repelente la cara y las manos y salió de la casa. Tomó su bordón y se puso en camino de la posada. Los rayos de sol que penetraban en la selva eran calientes, y en el aire estaban los olores del palosanto y la canela.

Se daba cuenta de que su alegría, que se traducía en un enérgico andar, era una emoción ambigua. Haber enviado a la cárcel a Roberto era una mezquina victoria, que había saciado su deseo de venganza, que le había causado un placer efímero, no exento de vergüenza. Si al mismo tiempo había logrado despertar el interés de los arqueólogos en la Ensenada —lo que podría contribuir a defender los animales y la selva— quizá su júbilo era justificado. De todas formas, una alegría absurda era mejor que una tristeza absurda, se dijo. (Se había sentido triste ayer pensando en su impotencia.) Aun así, ¿no hubiese podido vencer a los Cajal de otra manera? Ellos no eran el enemigo principal. ¿Pero cómo enfrentarse a éste? ¡Tenía tantos nombres!

Cruzó el lindero de la posada y siguió por el sendero que llevaba a las cabañas. Frente al cobertizo que los arqueólogos usaban como laboratorio, encontró a Félix lavándose las manos, que tenía cubiertas de una pasta verde, junto a un tonel lleno de agua. Félix lo saludó, y señaló el cobertizo con la cabeza. Sebastián se acercó para mirar a través de la tela mosquitera. Allí estaban el equipo y las nuevas colecciones de artefactos, embalados y listos para ser transportados a la capital.

—¿La has visto? —dijo Félix—. Davidson se la compró a Richard al doble de su precio, en nombre de la universidad.

Sebastián alcanzó a ver la vasija, que estaba sobre una mesa de trabajo. Se volvió hacia Félix.

—¡Pero es mía! —exclamó, y se rieron los dos.

—Ven —dijo Félix.

Sebastián lo siguió por el sendero hasta una choza en un pequeño claro junto al agua.

—Antonia. Sebastián —los presentó Félix.

Se sentaron en los camastros, y Antonia sacó tres cervezas de una pequeña nevera. Estuvieron conversando hasta el oscurecer, cuando vieron que la choza estaba rodeada de luciérnagas. Salieron con sus linternas y empezaron a caminar hacia el comedor.

En el ranchón del comedor, donde las mesas estaban iluminadas con grandes velas amarillas, los arqueólogos más jóvenes conversaban con animación. Desde la cocina llegaba la voz de Nada, que daba las últimas órdenes antes del inicio del banquete de fin de temporada.

—¡Sebastián! —llamó Richard. Estaba de pie al lado de la mesa principal, donde ya estaban sentados el doctor Davidson y un joven arqueólogo japonés—. ¿Puedes acercarte? Quiero presentarte a los señores.

Sebastián fue hasta la mesa, y Richard, después de presentarlo a los arqueólogos, que le dieron la mano sin ponerse de pie, lo invitó a sentarse junto a él.

Wilfredo puso en el centro de la mesa una fuente de sopa.

Sebastián miró a su alrededor, entre sorprendido y halagado. Muchos ojos lo observaban.

—¿Dónde está Otto? —preguntó.

Nada no le hizo caso.

—Se fugó —respondió Richard—. Encontró pareja y se fugó.

—Sin duda sabe lo de la vasija que encontraron en la Ensenada —le dijo de pronto el doctor Davidson a Sebastián—. La hemos sometido a varias pruebas. Fue elaborada con arcilla proveniente de la altiplanicie mexicana, probablemente de la zona de Tzonpanco, alrededor del siglo x. Al menos eso cree mi colega. —El doctor Davidson se volvió hacia el doctor Nakamura, que miraba fijamente a Sebastián y sonreía—. Nos gustaría hacer excavaciones en sus tierras. Pero tenemos un problema. Un problema legal.

Las conversaciones se habían apagado. El doctor Davidson siguió hablando, ahora por lo bajo, con Sebastián. ¿Estaría dispuesto a extender un documento de traspaso a la universidad? Sin esto, no podrían incluir la nueva pieza en el catálogo, y así les sería imposible conseguir los fondos necesarios para hacer excavaciones en la Ensenada. Sebastián pensaba: «¿A qué complicar las cosas, diciendo que no?». Se volvió para mirar a Félix, que devoraba su comida en la mesa vecina.

—Desde luego —dijo en voz muy baja, sin jactancia, aun con cierta timidez.

Las conversaciones se reanudaron, en tonos más altos y con más animación.

Al terminar de cenar, Davidson y Nakamura se retiraron a sus cabañas, y los demás arqueólogos siguieron el ejemplo. Mañana tendrían que madrugar para emprender el viaje a Flores. Sólo Félix y Antonia permanecieron en el comedor con Sebastián, que no podía ocultar su desencanto porque el banquete había terminado tan temprano, pero al poco tiempo ellos también se despidieron.

—Vengan a verme cuando quieran —les dijo en un tono algo patético, angustiado.

Roberto fue puesto en libertad una lluviosa madrugada de septiembre. La paliza y los cuarenta días que había pasado en la prisión de Sayaxché apenas le habían afectado. Le alegraba estar libre; le costaba creer que estaba libre. «Mataste a Ríos —pensaba— y todavía te podrían fastidiar». Los objetos mayas que le habían traído aquí le parecían enredos del diablo.

Cuando, recién ingresado en la cárcel, uno de los arqueólogos fue a preguntarle dónde había encontrado la vasija, Roberto confesó como un arrepentido, y sintió un alivio inexplicable, como si el científico lo hubiese exorcizado. Luego tuvo que guiar a una pequeña comisión hasta la caverna de la Ensenada, y les mostró el nicho junto a la cortina de estalactitas donde estaban todavía las piezas de obsidiana. Nadie había vuelto a mencionar los huesos.

—No vas a poder cazar en donde ya sabés —le advirtió el comisario Godoy cuando Roberto fue llevado de su celda al despacho para firmar unos papeles y recoger sus efectos personales—. Ahora la cosa va en serio. Se pondrán guardas, y si te denuncian, te voy a encerrar por un buen rato.

Caía una llovizna muy fina. Roberto se fue despacio por la calle todavía oscura que bajaba a la playa.

—Qué tal, Roberto —le decían los conocidos, y sonreían. Muchos de ellos sabían de dónde venía, y algunos sabían lo que era estar «dentro».

El sol parecía estar comprimido entre un oscuro manto de nubes muy bajas y el horizonte de árboles. Con la brisa que producía el camioncito que lo llevaba al Paraíso, Roberto temblaba de frío; el agua le mojaba la cara, y bajaba por su nuca y por su espalda desnuda.

### *Un poquito de lluvia*
### *a nadie hizo mal*

Roberto tarareaba con una curiosa alegría.

En la parte alta del collado, el humo colgaba sobre las chozas del Paraíso. Roberto saltó del camión y los perros comenzaron a ladrar y bajaron desde las chozas a recibirlo.

—Bienvenido —le dijo el tío Francisco, que estaba sentado en una mecedora remendando una atarraya.

Roberto se sentó a la mesa de madera negra en el centro de la habitación.

—¿Y los otros?

—Están trabajando en los corrales.

—¿Qué corrales? —Roberto se rió.

—Para los tepeizcuintes.

—¡Tepeizcuintes! —exclamó, y se puso de pie.

—Estás empapado —le dijo el tío—. Allí en el cajón hay ropa, si te querés cambiar.

Roberto fue hasta el mueble donde guardaban la ropa y se mudó rápidamente.

—Tepeizcuintes —repitió—. ¿A quién se le ocurrió?

—Ya no nos dejan cazar como antes —dijo Francisco Cajal—. Jaguard me ha dicho que nos compraría la carne.

Roberto volvió a sentarse frente a su tío, sacudiendo la cabeza.

—Yo no sé hacer otra cosa que cazar —dijo—. Hacer otra cosa sería como estar muerto —se sonrió—. No pienso cambiar.

Un poco más tarde agregó con seriedad:

—Si tengo mala suerte, pues prefiero estar muerto de veras.

—Te comprendo —le dijo el tío; de pronto, Roberto vio que había envejecido muchos años.

# La orilla africana

*Para mis padres*

# Primera parte

# El frío

I

Hamsa se levantó cuando todavía estaba oscuro y el viento del Este soplaba con fuerza para hacer sonar el follaje de los árboles como mil maracas y silbar entre las peñas del acantilado, al pie del cual se estrellaban violentamente las olas del mar. Después de hacer sus abluciones, rezó sobre la piel de un carnero sacrificado para el último Aid el Kebir. Preparó un vaso de té sobre un pequeño brasero. Partió un pan redondo y oscuro, y hundió un trozo en un tazón de aceite de oliva. Dijo: «En el nombre de Dios», y comenzó a comer.

Clareaba apenas cuando se puso en camino hacia las laderas de Shlokía, donde había visto por última vez al cordero extraviado, poco antes de emprender el regreso al cobertizo la tarde anterior. Bajó por el camino que bordeaba los acantilados, donde algunos sapos croaban todavía. Pasó por debajo de la casona abandonada de los Perdicaris y, en lugar de seguir por el sendero entre el bosque de pinos, decidió atravesar los matorrales por un pasadizo que conocía y donde, en ocasiones anteriores, había encontrado otras ovejas descarriadas. Protegiéndose la cara con los brazos, pues la maleza extendía sus manitas espinosas aquí y allá para arañarlo o tirarle del cabello, se internó en el sombrío túnel de vegetación. Aunque existía el riesgo de toparse con un jabalí, Hamsa no tenía miedo, pues aquí no habría ningún *djinn,* ya que todos detestaban las espinas (y por eso los musulmanes protegen a sus muertos dejando que los cardos crezcan sobre sus tumbas). La maleza estaba húmeda por el rocío y allí dentro olía a resina, a romero y a suciedad de puercoespín.

Del otro lado del manto de arbustos estaban las grandes rocas y las olas del mar bravo, por encima de las cuales un viento frío zarandeaba a las gaviotas. Hamsa gritó dos veces, llamando al cordero, y miró detenidamente el paisaje inclinado, donde los primeros rayos del sol doraban el costado de las rocas. Nada. Subió hasta el pequeño bosque que ocultaba la casa en ruinas del antiguo club náutico español, y miró en la piscina arruinada, donde crecía la hierba. Nada. Por fin bajó hasta los peñascos donde golpeaba el mar.

Estaba de pie al borde de una muralla de roca cuando vio al cordero unos metros más abajo, arrinconado entre dos peñas salpicadas intermitentemente por el reventar de las olas; temblaba. ¿Cómo había llegado hasta allí?, se preguntó. Quizá lo habían acosado los perros de los soldados que tenían una barraca cerca del antiguo club. Comenzó a descender, descolgándose peligrosamente por la muralla. Con el cuerpo pegado a la roca arenosa, fue presa de un temblor irreprimible, como el que suele sufrirse al subir por el tronco de un árbol muy alto. El pie buscaba a ciegas un punto de apoyo en algún resquicio de la roca, pero no lo encontraba. Las manos sudorosas estaban aferradas a un cuerno de roca. Una tórtola pasó volando a sus espaldas. Hamsa volvió la cabeza con un encogimiento visceral; el cuerno de roca se desprendió con un crujido sordo, y Hamsa cayó. Aterrizó en las piedras más abajo, con una punzada de dolor en el talón, y miró a su alrededor.

«*Yalatif.*»

Con su caída, había hecho que el cordero cayera al mar.

Sin apartar los ojos del animal, cuya cabecita blanca se agitaba entre las olas cerca de las piedras de la orilla, Hamsa se quitó rápidamente la gandura, los Nike y los zaragüelles para saltar al agua, invocando el nombre de Dios.


II

Había comenzado a fumar kif desde pequeño. Su abuela Fátima, que procuró quitarle el hábito por todos los medios, llegó al extremo de rociar un poco de orina sobre el polvo de hierba, pero el procedimiento mágico no había surtido efecto. Hamid, el ya difunto padre del niño, había reído el día que Fátima le contó que había sorprendido a Hamsa en más de una ocasión cuando, mientras él dormía, tomaba una pizca de kif de la vejiga de carnero donde lo guardaba.

—De tal palo —dijo— tal astilla.

Hamsa seguía fumando kif todos los días, mientras cuidaba las ovejas de Si Mohamed M'rabati, que poseía muchísimas y se complacía en saber que pastaban en las laderas de Agla, que están entre Tánger y el cabo Espartel. Sentado en una roca plana mirando al mar en la boca del Estrecho, tocaba una lira para descansar la pipa de kif. A veces bajaba hasta el Sinduq, una peña con forma de cofre semihundida en el mar, para ver el agua azul y cremosa que subía y bajaba entre las piedras color miel y canela con las que se había hecho la orilla. Pero aquí, a menos que fuera un día sin viento, no podía fumar kif. El viento del Este o del Norte se lo llevaban siempre y lo dejaban caer sobre el agua, para que el polvo excitara a los seres temerosos que vivían bajo las olas. Te quitaban la suerte. Enfermabas y tenías pensamientos impuros. Como cuando Hamsa tuvo que pasar una noche en la coba de Sidi Mesmudi, que está en el Monte Viejo, porque le había dado tifus, y por la mañana había visto a una mujer que le entregaba un gallo negro a un anciano con turbante amarillo, quien se sacó un cuchillo de debajo de la ropa, invocó a Dios, y, poniéndose en cuclillas junto a la fuente del santón, le cortó el cuello al animal; o como cuando corrompió con una oveja, oculto tras el cobertizo de lona negra, deseando todo el tiempo que se convirtiera en mujer, pero agradeciendo que Dios hubiera dispuesto las cosas de manera que la oveja no pudiera quedar preñada; o como cuando había hundido el sexo en un montoncito de excrementos de burro, para que le creciera todavía más.

III

Abrió los ojos. El cielo era un líquido azul y el frío, no tan intenso como lo había esperado, era un sinnúmero de agujas y burbujas pegadas a su piel. Escupió agua salada y parpadeó, buscando la cabeza del cordero. Dio dos brazadas para alcanzarlo. Era un cuerpecito fibroso, increíblemente pesado para su tamaño. La cabeza de Hamsa se hundió bajo una ola y sintió un aguijonazo de sal en las narices y una aspereza en la garganta, pero logró sacar a flote al animal. Pataleó con fuerza para mantenerlo por encima de la superficie agitada del mar, que refluía y se arremolinaba entre las piedras. Con el brazo libre maniobró para acercarse a la orilla sin ser golpeado contra las rocas. Se aferró al pie de la piedra desde la que había saltado y descansó un momento en un resquicio, precariamente protegido de la violencia del mar. Allí, se colocó el cordero sobre los hombros, y trepó la roca con dificultad hasta el descansillo donde se había desnudado. El viento, que caía a ráfagas desde lo alto, silbaba y hacía penetrar el frío hasta los huesos. El cordero se estremecía inconteniblemente, como un juguete eléctrico, sobre un charquito de agua que destilaba de su propia lana, y un rayo de sol tocaba apenas su lomo, mientras que Hamsa, erecto a su lado, recibía el mismo rayo en plena cara.

«*Hamdul-láh*», dijo, pero en ese momento el viento levantó el montoncito de ropa, que estaba a un paso de él sobre la piedra. Describió un arco descendente para ir a caer en el mar.

«*Shaitán!*»

Hamsa volvió a saltar al agua.


IV

Camino de vuelta al cobertizo con el cordero en hombros, pensó en el tío Jalid, que estaba en España. La última vez que vino a visitarlo, le regaló los Nike (de imitación) que ahora calzaba incansablemente. Eran la envidia de Ismail, su compañerito de juegos. Iba a tenerle envidia toda la vida, porque, como le había dicho su tío, Hamsa sería rico y poseería tierras y animales. Su padre había muerto pobre, y cuando fuera grande Hamsa tendría que cuidar a sus abuelos, Fátima y Artifo, que trabajaban como sirvientes en una casa del Monte Viejo que pertenecía a una cristiana.

—Tú quieres tener dinero, ¿no? —le dijo el tío. Hamsa reflexionó.

—Sí —dijo.

Y el tío le explicó cómo, trabajando para él, podría empezar a ganar dinero. Era un trabajo fácil, pero sólo Hamsa podía hacerlo, porque él conocía aquella zona de la costa mejor que ninguno, salvo quizá su tío, que de niño había sido pastor como Hamsa, y más tarde, pescador. (Era una costa peligrosa, sembrada de arrecifes y rocallas, y hecha de altos acantilados y laderas cubiertas de una vegetación muy variada, humedecida incesantemente por la brisa del mar.)

Antes de marcharse a España, el tío fue una tarde a la choza donde vivía Hamsa. El pequeño Ismail estaba allí, ayudando a Hamsa a marcar las ovejas que serían llevadas a vender aquel domingo en el mercado.

—*Bghit n'hadar m'ak* —le dijo el tío—. Quiero hablar contigo.

Hamsa le dijo a Ismail que se marchara, y el pequeño se alejó corriendo y se perdió de vista detrás de unas rocas. El tío se sentó en un taburete que Hamsa tenía a la sombra de una vieja higuera, y Hamsa se puso en cuclillas frente a él, limpiándose la mugre de las manos en las faldas de su gandura.

—*Iyeh?*

¿Estaba listo Hamsa para hacer el trabajo? Lo único que le pedía era que vigilara una parte de la costa durante toda una noche. Una lancha rápida en la que estaría él, Jalid, se acercaría a la costa, proveniente de Cádiz, y Hamsa debía hacerle señas con una linterna desde la orilla. ¿Sería Hamsa capaz de pasar la noche en vela, alerta para que nadie, ni los gendarmes ni los soldados que vigilaban el litoral, los sorprendiera?

Por supuesto que podría, dijo Hamsa, pensando en las varias maneras de combatir el sueño que conocía, como comer hormigas rojas o la tierra de un hormiguero, beber agua de piojos, o llevar un amuleto hecho con el ojo de una lechuza.

—Sabía que podía confiar en ti —le dijo el tío—. Serás un triunfador. Tendrás varios autos y cuantas mujeres quieras —se sonrió—, aunque dan muchos problemas, de verdad.

Jalid volvería a España pocos días más tarde, pero no tardaría mucho en mandarle noticias a Hamsa. Se pondrían de acuerdo acerca de la fecha y el lugar exactos.


V


El viento casi había secado su ropa enteramente cuando, antes de mediodía, puso el cordero en el suelo al lado de la higuera retorcida a cuya sombra solía descansar. El cordero se sacudió violentamente, estornudó. Luego corrió hacia el corral de piedras y espinos donde estaba el rebaño, y se quedó temblando contra el cerco en una mancha de sol.

Hamsa entró en el cobertizo y sopló las ascuas del brasero que todavía estaban vivas, para preparar más té. Después salió al sol y se sentó bajo la higuera con su pipa de kif. Pero fumar no tardó en causarle una ligera jaqueca, y Hamsa supo que había sido golpeado por *el berd,* el frío, que le calaría hasta los huesos. El viento seguía arrojando sus navajas desde el cielo; arreciaba con el ascenso del sol.

Por la tarde, llevó el rebaño hasta los pastizales al pie de la casona en ruinas. Llevaba consigo la lira, pero no la tocó. El agua le chorreaba de las narices.

Cuando el sol se hundió detrás del monte, Hamsa comenzó a arrear el rebaño camino de vuelta al corral.

—*Derrrrrr! Derrrrrr!*

Después de contar los animales, puso a hervir leche de oveja en una cacerola, y bebió un poco antes de tumbarse a dormir sobre un colchón de pieles de carnero, cobijado con un jaique de lana. Más tarde, tendido en la oscuridad, sintió las mordidas del frío en todos los huesos. El ruido del viento lo mareaba. Se durmió y despertó varias veces con la sensación de que caía. Se hundía en la enfermedad. ¿Qué ocurriría si su tío enviaba por él ese día?, se preguntaba.

Despertó tarde, después del alba, empapado en sudor. Cuando Ismail levantó la tela del cobertizo para mirar dentro, la luz del día lo deslumbró.

—¿Estás enfermo? —preguntó Ismail—. ¿Qué tienes?

Hamsa se incorporó.

—El frío.

El niño entró en el cobertizo, fue a sentarse cerca de Hamsa y se quedó mirándolo en silencio.

—¿Qué vamos a hacer? —preguntó. Hamsa abrió y cerró los ojos.

—¿Sabes qué te caería bien? —le dijo Ismail—. Un poco de leche con poleo.

—Leche hay aquí. ¿Sabes dónde conseguir poleo?

—No. —El niño se puso de pie.

—Ve a pedirle un manojo a mi abuela.

Cuando el niño se fue, Hamsa volvió a hundirse en el sueño. Una batalla de espadas que eran juncos o cañas, una lluvia de guijas.

—*Aulidi* —dijo la voz de la abuela, pero no le hablaba a él—. Ve a decir a Si Mohamed que Hamsa está enfermo y que mande a alguien a cuidar sus ovejas. Yo me voy ahora a casa para hablar con madame (que no se opondría a alojarle unos días, conocían su generosidad) y volveré con un taxi por él.

Ismail no se movió; se quedó mirándola con una expresión que la vieja entendió.

—Ah, tú quieres dinero. Mira, cien francos —dejó caer en la manita del niño una moneda, y la manita se cerró rápidamente.

VI

En la casa de herramientas donde lo acomodaron, Hamsa pasó dos días abatido por la fiebre. Su abuela le hizo beber mucha leche con poleo, le dio a comer cuscús con poleo, y frotó su cuerpo con grasa de carnero a la que también agregó un poco de polvo de poleo.

—Toma esto, hijo. Pronto estarás mejor.

Si Mohamed había mandado a Ismail a decir a Hamsa que no se preocupara, que el viejo Larbi se haría cargo del rebaño durante su ausencia. Envió también cincuenta dirhams para medicamentos, pero Fátima, que no creía en la medicina de los nazarenos, decidió conservar el dinero para futuros menesteres.

Al tercer día, todavía un poco débil y con restos de dolor en la nuca y los hombros, Hamsa se levantó por la mañana para dar unos pasos por la habitación, y más tarde salió al jardín. El viento del Este seguía soplando con bastante fuerza y el cielo estaba claro. El sol, reflejado mil veces en las hojas de los árboles, le hirió los ojos, de modo que regresó enseguida a la casita para refugiarse en la oscuridad.

El abuelo trajo al mediodía un estofado de gallina y almorzó con él.

—Ya has sanado —le dijo—. Mañana volverás a trabajar. —Se sacó de la chaqueta el *motui* de Hamsa, con la pipa y un poco de kif, y lo puso sobre la estera con un gesto de tolerante desaprobación—. Ismail trajo esto para ti.

Al atardecer, cuando la luz era más suave y el viento se hubo calmado, Hamsa volvió a salir al jardín. Fue a sentarse en una parte alta, cerca de la vieja araucaria que crecía más allá de un arriate de agapantos, desde donde podían verse, tras la valla de cañas en la parte inferior del jardín, las colinas blancas de la ciudad de Tánger y unos retazos de mar. De la casita de huéspedes que estaba en el otro extremo del jardín, Hamsa vio salir a una mujer, y dejó de fumar. No era joven pero tampoco era vieja. Vestía pantalones vaqueros, camisa blanca y sus cabellos, largos y rubios, estaban sueltos y mojados. Atravesó el jardín por la vereda de losas y entró en la casa principal. Hamsa fumó otra pipa de kif. Ahora un hombre, que podía ser un magrebí pero que, a juzgar por la ropa y el andar, debía de ser un europeo, salió de la casita y siguió los pasos de la mujer por el sendero de grava. «Puta», pensó Hamsa. Poco después se oyó arrancar el motor del automóvil de Mme Choiseul, y la voz de Fátima que gritaba a Artifo que fuera a abrir el portón. El ruido del auto se alejó camino abajo hacia la ciudad, y Hamsa volvió a fumar, imaginando que era ya un hombre rico y que aquel jardín era suyo.

# Los ojos de la lechuza

## VII

Ahora el jardín estaba desierto. Una grulla, muy blanca en la luz de la tarde, se había posado junto a la fuente nazarena que era una cabeza de león. Alzó el vuelo cuando Hamsa bajó por el sendero hacia la casita de huéspedes. Él rodeó la casita y acercó la cara a una ventana para mirar dentro, y vio una lechuza que estaba posada en el respaldo de una silla, a los pies de la cual habían extendido una alfombra de periódicos. La lechuza, que tenía un ala caída, parecía que estaba dormida. Hamsa tocó el cristal con un dedo. La lechuza volvió la cabeza en redondo y miró a Hamsa.

—*Yuuk* —le dijo Hamsa—. *Yuuk.*

Todo el mundo sabía que las lechuzas no duermen de noche y que ven en la oscuridad. Por eso, cuando alguien pensaba pasar la noche en vela era bueno capturar una lechuza y arrancarle los ojos. Había quienes los hervían en agua para comerlos, o podías hacer un amuleto con uno de los ojos y llevarlo colgado sobre el pecho para dominar el sueño.

Hamsa regresó a la casita de herramientas y fumó varias pipas de kif pensando en qué debía hacer.

## VIII

Volvió a salir de la casita de herramientas, y, dando un amplio rodeo, se dirigió de nuevo a la casa de huéspedes. Llevaba, además de un cabo de soga para atar a la lechuza, una espuerta llena de leña. El muecín de la nueva mezquita llamaba a la oración del Magreb. Por entre los torsos multicolores de los eucaliptos vio a su abuelo inclinado sobre su alfombra de esparto, concentrado en oración. Bajó por el sendero de losas y se volvió para mirar una vez hacia la casa grande, donde no se veía a nadie —aunque no podía estar seguro: los ventanales del cuarto de Mme Choiseul daban sobre aquella parte del jardín y con la luz de la tarde actuaban como grandes espejos donde se reflejaban el cielo y las puntas de unos cipreses. La vieja cristiana podía estar allí. Hamsa dudó un momento. Luego, diciendo «*Bismil-láh*», empujó la puerta de la casita, entró y la cerró rápidamente.

La lechuza volvió la cabeza para mirar a Hamsa. Levantó un ala y abrió el pico.

Hamsa avanzó, con el cabo de soga en una mano y la espuerta con leña en la otra. Dejó la espuerta en el suelo, sacó la leña y la puso en una cesta de mimbre junto a la chimenea. Se acercó a la lechuza, y vio que tenía un ala rota. La agarró por el cuello, le amarró las patas, sin que ella intentara defenderse, y la metió en la espuerta. Miró a su alrededor, se acercó a la ventana y la abrió de par en par. Un viento frío entró en la habitación.

# IX

El viejo Larbi, que estaba sentado bajo la higuera fumando kif, alzó apenas los ojos cuando Hamsa apareció de detrás del cobertizo, con la lechuza oculta en un lío de ropa.

—*Salaam aleikum.*
—*Aleikum salaam.*

Larbi se puso de pie, entró en el cobertizo por sus cosas, y se dispuso a partir. Era un viejo malhumorado; Hamsa pensó que dudaría de su enfermedad.

—Los animales, ¿no te han dado problemas?

—No.

—*Hamdul-láh.*

—¿Dónde está Ismail?

—No lo he visto. No ha venido por aquí.

—Si lo ves, dile por favor que venga. Necesitaré su ayuda.

El viejo se sonrió burlonamente.

—*Uaja* —dijo; se volvió y comenzó a subir por el camino.

Hamsa entró en el cobertizo y sacó la lechuza del lío de ropa. Clavó una estaca en forma de Y en el suelo de tierra en un rincón. Ató una cuerda a la estaca para sujetar a la lechuza. La lechuza subió a la Y de un salto y abrió el pico.

Hamsa se recostó en las pieles de oveja y llenó una pipa de kif, aguardando la llegada de Ismail.

—Ya estoy curado —le dijo cuando llegó.

El niñito miró la lechuza, que estaba posada en la Y, los ojos cerrados, el ala caída.

—La voy a matar un día de éstos y me comeré uno de sus ojos —dijo Hamsa—. Con el otro voy a hacer un amuleto.

Ismail parecía impresionado.

—Pobrecita.

—Ven acá —le dijo Hamsa, haciendo un gesto descendente con la mano.

Cuando el pequeño estuvo a su alcance, le agarró un brazo y lo tiró hacia sí, al mismo tiempo que con la otra mano se arremangaba la gandura.

# Segunda parte

# Calaveras

## X

Un intenso dolor en la parte superior de la cabeza le hizo abrir los ojos. Se revolvió entre las sábanas, recordando que estaba en un hotel llamado Atlas, incapaz de recordar dónde había pasado las últimas horas de la noche anterior.

Aunque los recuerdos cercanos se habían perdido para siempre en un agujero de luz negra, sabía que, una vez más, había bebido demasiado. Diciendo no con la cabeza, se sentó al borde de la cama. Levantó el teléfono para llamar a la habitación de sus compañeros de viaje, Ulises y Víctor, pero no contestaban, y el recepcionista le dijo que no habían vuelto al hotel.

Se puso de pie, se acercó a la ventana y descorrió las cortinas color sangre. Inmediatamente se arrepintió; la claridad del mediodía africano hirió sus ojos y fue como si dos dedos hubieran penetrado hasta la parte posterior de su cabeza. Volvió a la cama y se derrumbó, hundió la cabeza entre dos almohadas.

De pronto recordó —un recordar en imágenes en rojo y negro, en miniatura: dos muchachas. Se reían entre sombras de luz turbia, fumaban cigarrillos y bebían cerveza. También Ulises y Víctor estaban ahí. Y había más chicas, muchas chicas, y una bola de cristal que colgaba del techo y lanzaba agujas luminosas en todas direcciones. Ahora recordó sonidos: una música recia de violines marroquíes y tambores, cuyo fin parecía que era ahogar los gritos y las riñas de las mujeres.

—Nadia.

—Aisha.

Besos en ambas mejillas. Peticiones reiteradas de bebidas y cigarrillos. ¿Un malentendido? Una chica que señalaba a otra con el dedo y exclamaba:

—¡Sífilis!

Una pelea.

Otro local, muy parecido al primero.

Un viaje en dos taxis —él y sus dos amigos y tres mujeres fueron conducidos a un hotel de las afueras. Un recepcionista con aspecto de policía exigía dinero y pasaportes en la recepción.

«¡El pasaporte!», exclamó entre dientes, se levantó de la cama y fue a registrar su chaqueta y sus pantalones, que colgaban del respaldo de una silla y apestaban a humo viciado. Luego se puso a escarbar entre la ropa desordenada de su maleta, mientras seguía recordando la escena con una mezcla de arrepentimiento y frustración —Ulises y Víctor que se alejaban con sus parejas hacia el ascensor; la morita enfadada que le miraba rebuscar inútilmente en los bolsillos, el recepcionista que le dirigió una mirada de desprecio musulmán.

Era viernes. Desde una mezquita cercana un muecín llamaba a la oración de mediodía. Y mientras los buenos musulmanes se postraban sobre sus alfombras para orar, él se dio una larga ducha que agotó el agua caliente del hotel. Después, envuelto en una gran toalla blanca, se tumbó en la cama. Levantó el teléfono, y pidió al operador el número del consulado colombiano. Lo marcó, pero no contestaron.

Se vistió y bajó a la recepción. Apuntó las señas del consulado, preguntó al recepcionista cómo llegar.

—Eso está en la Casbah —le dijo—. Pero hoy es viernes y ya es tarde. —Miró su reloj—. No creo que le puedan atender.

—Necesito enviar un fax.

—Puede hacerlo desde aquí, pero es un poco caro. Mejor hacerlo desde una téléboutique. Hay muchas por ahí.

Salió del hotel pensando que el buen consejo no se debía a la honradez sino a la pereza del marroquí. La calle Musa Ben Nusair estaba desierta. Los viernes en Marruecos eran días especiales, recordó. La gente estaba en las mezquitas oyendo la prédica de los imanes, que, se decía, eran cada vez más directos en sus ataques al gobierno y la familia del Sultán. Y mientras tanto, probablemente sus amigos fornicaban. ¿Cuál sería el balance de placer y asco que podrían obtener?, se preguntó. Bajó por una calle antes llamada Velázquez y ahora con nombre árabe hacia la téléboutique El Faro, que conocía de una visita anterior, redactando mentalmente el mensaje que enviaría a casa, un poco irritado porque tenía la obligación de mentir, pero aliviado a la vez, porque ya no tendría que inventar ninguna excusa para posponer su regreso.

XI

Víctor y Ulises estaban como nuevos, recién bañados, bebiendo whisky en su habitación.

—¿Qué pasó, che boludo? —dijo Ulises, imitando el acento argentino—. El pasaporte, ¿lo encontraste?

—No —dijo, y se dejó caer en un sofá. Víctor le sirvió un vasito de whisky.

—¿Y entonces? —dijo Ulises.

—Me quedo —se sonrió—. ¿Cómo les fue anoche?

Víctor se encogió de hombros y levantó las manos. «Más o menos.»

—A mí —dijo Ulises— fenómeno.

—Putañero —dijo Víctor.

—Qué quieres, lo importante es gozar. Y no son exactamente putas, no como las nuestras, quiero decir. Hay una gran diferencia.

—¿Ah? ¿Cuál es? —preguntó él.

No era una pregunta para dejar indiferente a Ulises. Se puso a caminar de arriba abajo por la habitación. Si, como sostenía el viejo profesor de filosofía que tuvieron en el liceo, el matrimonio y la prostitución eran las dos caras de la moneda de la buena sociedad, era lógico esperar que una sociedad polígama engendrara una especie distinta de mujeres públicas. ¿Cuál especie sería menos triste?, se preguntaba.

—Aparte de que sea lícito o no —prosiguió— obtener favores de esa clase de cualquier persona por determinada cantidad de dinero, habría que preguntarse hasta dónde uno puede ser realmente desinteresado. Pero eso no tiene nada que ver. Aquí muchas chicas se prostituyen para hacerse con una dote, sin la cual no pueden aspirar a casarse. Más tarde se casan y se convierten en mujeres decentes. Pongámonos en el lugar de una chica marroquí. Supongamos que es hermosa y que es pobre. ¿Qué le puede esperar?

—La pinga, Ulises. Te has puesto sentimental —dijo Víctor—. Además, aquí lo de la dote es al revés. Es el novio el que paga.

Ulises se dejó caer de espaldas en su cama.

—¿De verdad? De todas formas esa chica, Nadia se llamaba, estaba llena de ternura.

—¿Volverás a verla?

Ulises se incorporó en la cama.

—No lo creo. El vuelo sale mañana de madrugada. Y tú —le dijo—, ¿qué vas a hacer?

—Quedarme, qué más. Y esperar. ¿No puedes verla antes de irte?

—No, estará durmiendo. Comienzan a trabajar a medianoche, y duermen todo el día. Les han impuesto ese horario nocturno para sacarlas de la circulación y evitar que se mezclen con la gente de buena reputación que vive a la luz del día.

—Vaya —dijo Víctor—, qué te habrá hecho.

Ulises cerró los ojos con una sonrisa de placer.

—Exactamente lo que yo quería, ella lo adivinó.

—¿Por qué no le das tu pasaporte a éste, que tiene una mujer en Cali que lo espera, y te quedas? Ulises reflexionó un momento y dijo:

—Me quedaría, me quedaría. Si no tuviera que trabajar.


## XII

Volvió a subir por la calle Velázquez hacia el Boulevard Pasteur y la plaza de Faro, donde había muy poca gente —limpiabotas y fotógrafos alrededor de los cañones portugueses— y las tiendas estaban cerradas con persianas de hierro. Unas cuantas golondrinas tempraneras revoloteaban por encima de los robles en el jardín del consulado francés. Dejando la decisión al azar, dobló a la calle de la Libertad, para bajar hacia el Zoco de Fuera. Pasado el hotel Minzah, se detuvo a mirar un escaparate atestado de puñales, brazaletes y collares bereberes cubiertos de polvo que esperaban a sus compradores. Siguió bajando. Atravesó la plaza de hormigón del antiguo Zoco y entró en la Medina por la puerta del Campo. Siguió bajando hacia el Zoco Chico por la calle de los Plateros, donde había más gente; un aguador vertía el agua de un odre de cabra en escudillas de cinc. Las jóvenes, veladas o no, lanzaban miradas inquisitivas. Nada más distinto de la mirada de las caleñas, pensó. En medio de la placita rectangular del Zoco Chico se detuvo, y un marroquí pálido y delgado, con barba de una semana, se acercó a preguntarle qué buscaba. Sin responder, él miró a su alrededor y luego fue a sentarse a una mesita en la terraza del café en la parte alta de la plaza, donde daba el sol.

Del interior del café surgían jirones de música egipcia y el ruido de un televisor. En el aire flotaba una mezcla de olores: naranjas, menta, grasa quemada, y, por un instante, el aroma del kif. Respiró profundamente, con deseos de fumar. Alzó un brazo para llamar a un camarero, pidió una Coca-Cola.

Frente a él, las cabezas marroquíes pasaban por la plaza y parecían multiplicarse. Las mezquitas quedarían vacías, pensó. Ojos que recordaban otros ojos, pero en caras diferentes, una nariz conocida pegada a una frente inesperada, demasiado estrecha, rasgos combinados al azar como en el cuaderno de bosquejos de un dibujante fecundo y descuidado.

Al cabo de un rato un marroquí de aspecto humilde subió a la terraza del café donde él estaba y fue a sentarse a la mesita de al lado. Se volvió para mirarlo, y le dijo en español:

—Perdona, tú y yo, ¿nos conocemos?

—No lo creo.

—¿Español?

—No —respondió, y volvió a mirar hacia la plaza.

—Te pareces a un amigo.

Desde donde estaba podía observar al marroquí que lo había abordado, que estaba de pie recostado en una esquina junto a una caja de madera, sobre la que exponía varias marcas de cigarrillos de contrabando. Antes de que el camarero regresara a servirle, hizo negocio con un turista de pelo largo, que fue guiado hasta él por un chico marroquí. Intercambió unas palabras con su cliente en mitad de la plaza, y lo condujo hacia una bocacalle estrecha, donde tuvo lugar alguna transacción.

Él le dijo en voz baja al musulmán:

—Ese hombre, el de los cigarrillos, ¿qué es lo que vende?

—Drogas.

—¿Qué drogas?

—Toda clase de drogas. Chocolate, cocaína, pastillas. De todo.

—¿Kif?

El otro se rió.

—No creo que venda kif. Sólo los viejos fuman kif. ¿De dónde eres?

—De Colombia.

—Ah —dijo el musulmán—. La mafia colombiana.

—Eso es.

El otro extendió una mano, que él no pudo rehusar.

—Mucho gusto, amigo —un apretón entusiasta—. Me llamo Rashid. —Un poco más tarde preguntó—: ¿Turista?

—No exactamente.

—Negocios.

—Digamos.

—¿Cuánto tiempo te quedas en Tánger?

—No estoy seguro.

—Está bien. Si necesitas algo, cualquier cosa, ningún problema. Siempre estoy por aquí.

—Me gustaría conseguir un poco de kif —dijo.

—¿Sí?

—¿No es peligroso?

—¿Peligroso? ¿El kif? Bah. Yo no fumo. Hay que cortarlo, sabes. Pero puedo conseguirte un poco. ¿Cuánto quieres?

—¿Cincuenta dirhams?

—Está bien. Dame cincuenta dirhams.

—¿Qué?

—Si quieres kif, dame cincuenta dirhams.

—¿Y cuándo lo tendré?

—Mañana. A estas horas.

Estuvieron otro rato en silencio hasta que él se puso de pie. Dejó en la mesa frente a Rashid un billete de cincuenta dirhams y dijo:

—Está bien. Hasta mañana.


XIII

Ahora las tiendecitas estaban abiertas. Diminutas joyerías y relojerías que resplandecían con objetos dorados; bazares para turistas; tafileterías. El día estaba perdido, pensó. Antes de salir de la Medina, decidió distraerse un rato andando por las callecitas oscuras como túneles que subían y bajaban entre casas enanas y comercios que vomitaban luz de neón, y donde los olores y los niños circulaban de casa en casa con familiaridad. Bajó unas escaleras con olor a orines al flanco de una muralla y salió por fin a una calle ancha y recta, la antigua *rue d'Italie,* que descendía en pendiente entre dos hileras de árboles y de tiendecitas moras. Conos de lana, torres de vasijas, flores de plástico, esteras, racimos de zapatos que colgaban de los toldos o de pequeños balcones corridos, puestos de barbero. Una sala de cine de la que salían los ruidos de una película de guerra. El olor a té de menta y a humo de tabaco flotaba por las terrazas de los cafés. Se detuvo frente al escaparate de un herbolario. Entró y vio pieles de erizo y de culebra colgadas de las paredes, y el cuerpo de un halcón (los ojos vaciados) grotescamente disecado.

—¿Para qué sirve?

—Para hacer sahumerios —le dijo el herbolario, que tenía algo de charlatán.

Salió y siguió subiendo hacia el Zoco de Fuera a lo largo de la cerca de los jardines de la Mendubía, donde miles de golondrinas se arremolinaban sobre las copas de los árboles con una vasta algarabía.

## XIV

Casi corría escaleras abajo por la calle de Italia, entre exaltado e indignado con la noticia del cónsul honorario, que le había dicho que tardaría varias semanas en conseguirle un pasaporte.

El consulado era un pequeño apartamento construido sobre el pasaje abovedado de la puerta fortificada de la Casbah. Una pequeña biblioteca que servía de sala de espera tenía vistas al puerto, a la bahía y a la luminosa Medina. Desde el despacho del cónsul, que daba a un pequeño jardín elevado con cipreses romanos y rosales, se dominaba una extensa parte de la ciudad nueva, las colinas color camello que la rodeaban, y, mucho más allá, las laderas del Rif. El cónsul no había estado nunca en Colombia —decía— ni tenía intenciones de ir. Era norteamericano y el azar le había hecho naufragar aquí. Esto ya no le importaba, aunque la ciudad no era ni la sombra de lo que había sido cuando él la conoció. Según él, la evolución mental de los moros iba en retroceso. «Mala pasta —le dijo—, los franceses lo sabían muy bien. Sólo para una cosa sirven», y se tapó la boca con una mano, como para enfatizar la indiscreción.

Si se molestaba en conservar la placa en la puerta y en leer y contestar las cartas de rigor, era sólo porque le agradaba el título, y no le molestaba recibir de vez en cuando una visita.

—Sobre todo de alguien bien parecido y civilizado como tú —agregó, para dejarle adivinar sus inclinaciones sexuales—. Así que esperemos que te guste esta vida. Ven a verme cuando quieras —le extendió una mano laxa.

En el fondo de la calle, en la acera frente a la tienda del herbolario, vio a un chico harapiento con una espuerta que ofrecía a la venta una lechuza.

Se detuvo y se inclinó sobre la espuerta, para examinarla. La lechuza hacía: «Chi, chichich». Sus grandes ojos negros, rodeados por discos color ocre, miraban de frente, y su carita de vieja estaba enmarcada en una aureola de plumas. Movía constantemente la cabeza, siguiendo el menor movimiento a su alrededor.

—¿Puedo tocarla? —preguntó, aunque pensaba que el chico no comprendería.

—Toca, toca —dijo.

Alargó una mano y tocó la cabeza, y la lechuza cerró los ojos, como con resignación. «Chi, chichich.» Tocó las alas, de color leonado, hechas de un plumaje espeso y blando, y vio las manchas en forma de lágrimas que le adornaban la espalda. Se irguió y miró al niño.

—¿Cuánto? —le dijo.

—*Mía dirham* —dijo el niño.

—No entiendo.

—*Cento, cento.*

Se sonrió.

—Te doy cincuenta —contó hasta cincuenta con ambas manos, como los niños.

El chico clavó la vista un momento en la tienda del herbolario, se rascó la cabeza y por fin, extendiendo una manita sucia y codiciosa, dijo:

—*Ara hamsín.*

Embolsó el dinero y levantó la lechuza, cuyos tarsos plumosos estaban atados con un pedazo de soga. Él la tomó con ambas manos, le dijo: «Tranquila, preciosa», y acomodándola contra su pecho y sujetándola firmemente comenzó a subir la calle atestada de gente, que de pronto le pareció más ruidosa que nunca.

## XV

En la habitación del Atlas, desató las patas a la lechuza y la dejó sobre la mesita del tocador. El pájaro aleteó un poco torpemente, entumecido. Saltó y fue a posarse al respaldo de un sillón. Allí, afianzando las garras, sacudió una vez la cabeza, y clavó sus grandes ojos en él. Para reconocerme —pensó para sí. Extendió las alas, anchas y redondeadas, y produjo el sonido *kiúk* dos veces. Él atravesó el cuarto, del tocador hacia la puerta del balcón, y la lechuza lo siguió con la mirada, volviendo la cabeza. Corrió las cortinas, y la lechuza parpadeó. Luego fue a sentarse a la cama, y los ojos de la lechuza lo siguieron con otra evolución de la cabeza y permanecieron clavados en él. Se descalzó para tumbarse a descansar mientras la lechuza observaba sus movimientos con pequeñas oscilaciones de la cabeza.

Se despertó con un ligero peso en un hombro, la cara hundida en la almohada de plumas. Se volvió lentamente y vio la cara de la lechuza que lo escrutaba con una curiosidad casi humana. «Hola, guapa», le dijo. Se puso boca arriba, y el pájaro saltó y se posó sobre su cadera. Abrió el pico, blanco y corvo, lo cerró, lo abrió otra vez. «Sí, preciosa, vamos a buscarte algo de comer.» Se incorporó en la cama, y la lechuza voló para ir a posarse en el respaldo del sillón. Se calzó rápidamente y se puso de pie. «Ahora vuelvo», le dijo a la lechuza.

Era casi medianoche. El portero del Atlas dormitaba en un sillón del vestíbulo. Se levantó de un salto, descorrió el cerrojo de la puerta para dejarle salir.

—*M'saljeir*—le dijo.

A estas horas, la ciudad parecía menos mediterránea que oriental, con los puestos de comida y los estancos inundados con la enfermiza luz de neón. La calle olía a diesel y carne quemada. Los gatos, casi invisibles de día en esta parte de la ciudad, donde eran perseguidos por los marroquíes, por la noche se adueñaban de las aceras y nadie los molestaba («porque nadie en su sano juicio golpea jamás a un gato en la oscuridad»).

«Conviértete en lo que eres», decía un anuncio de Lacoste en una vitrina del Boulevard Pasteur; el cartel luminoso de Wimpy's brillaba en la acera de enfrente. Atravesó la calle, por donde los taxis desocupados rodaban lentamente, y entró en un pequeño comedor musulmán.

—*Kefta?*—dijo, mirando el escaparate, donde había dos platos grandes de peltre con sendos volcanes de carne molida, rodeados por latas de Jus d'Or y Fanta, coronadas cada una con un tomate rojo.

—¿Español?

—Sí. Un poco de carne molida. Cruda, por favor.

—¿Cuánto?

—Medio kilo.

El marroquí tomó un trozo de carne roja, lo pesó sobre una mesita de mármol, lo partió en varios pedazos que introdujo en un triturador. Luego envolvió la masa en una hoja de papel, la metió en una bolsita plástica, y la puso sobre el mostrador de mármol falso.

—*Báraca l-láh u fik.*

—*B'saha.*

De vuelta en el hotel, abrió el paquete sobre la mesa del tocador, y vio con disgusto que había briznas de culantro o perejil entremezcladas con la carne. Tomó un poquito de la masa con los dedos, formó una bolita, redondeándola en la palma de la mano, y se acercó a la lechuza, que había dejado el respaldo del sillón para posarse en una de las lámparas de hojalata sobre la cabecera de la cama.

—Vamos —le dijo, ahuyentándola—, fuera de ahí. Es hora de comer.

La lechuza voló de vuelta al respaldo del sillón. Cuando él se acercó con la carne, abrió el pico con avidez. Engulló la bolita de carne sin dificultad. Volvió a abrir el pico, pidiendo más.

«Bueno —le dijo a la lechuza, cuando hubo devorado casi toda la carne—, ahora me toca a mí». Fue al baño a lavarse las manos, y volvió a salir a la calle en busca de un restaurante.

Cuando regresó, la lechuza estaba de nuevo posada en la lámpara sobre la cama.

—Oh, no —exclamó, al ver un charquito verdiblanco sobre una de las almohadas. Alzó los brazos con enojo, gritando—: ¡Sácate de ahí!

La lechuza abrió el pico y extendió las alas de manera agresiva, y luego voló al sillón. Allí levantó su cola corta y escotada y dejó caer más líquido verdoso sobre la alfombra bereber.

—Oh, esto comienza bien.

Se arremangó las mangas de la camisa y comenzó a desenfundar la almohada.

La lechuza ululó.


XVI

Dejando la habitación en desorden —la funda de la almohada hecha una bola en un rincón, la alfombra a medio lavar extendida en la terraza— y la lechuza encerrada en el cuarto de baño, salió a desayunar. En la amplia terraza blanca con mesitas de plástico del café Ziryab —desde donde podía verse, en la lejanía, el Djebel Musa, la pálida columna de Hércules derrumbada sobre la orilla africana— el sol lo teñía todo con una luz anaranjada. Se quitó las gafas oscuras y se quedó contemplando la escena —un barco blanco se alejaba hacia Gibraltar, dejando una estela larga y cremosa— momentáneamente satisfecho y feliz.

Antes de volver al hotel, bajó al Zoco de Fuera, donde había gran actividad. A la entrada del mercado las mujeres del campo, con sombrerones de ala ancha, vendían requesón fresco y hogazas de pan. Dentro olía a flores, a leche y carne fresca. Se acercó al puesto de un carnicero y pidió entrañas de pollo, mientras veía cómo, en el puesto de al lado, un hombre con un cuchillo largo despojaba de toda su carne, salvo los ojos, la cabeza de una cabra. Más allá, frente a un puesto de flores, vendían jaulas para pájaros. Decidió que sería bueno tener una.

Estaba en el Atlas esperando el ascensor, que descendía ronroneando entre ruidos de cadenas y engranajes, cuando el portero, Abdeljay, le dio dos palmaditas vigorosas (demasiado vigorosas, pensó) en el hombro. Abdeljay sonreía, pero no era una sonrisa amistosa.

—Señor —le dijo—. No animales. Usted tiene un animal. Tiene que irse. ¿Comprende?

—¿Cómo?

Ahora el musulmán parecía excitado.

—¡Tiene que irse! —exclamó.

—¿Por qué? —Abrió la puerta del ascensor.

—El jefe me dijo que se lo dijera. Nada más.

—¿De veras? ¿Dónde está tu jefe?

—No está aquí. Pero ese pájaro no puede estar aquí.

—De acuerdo —dijo, y entró en el ascensor—. Me iré.

El carro comenzó a subir, y Abdeljay, que se quedó mirándolo a través de la rejilla, gritó «¡Pájaro malo, pájaro malo!» antes de que su cara desapareciera bajo el piso del ascensor.

## XVII

La cama estaba deshecha, se habían llevado las sábanas y las fundas de las almohadas. La alfombra bereber había desaparecido, y la puerta vidriera estaba con las cortinas descorridas, abierta de par en par. Tres o cuatro palomas andaban por el parapeto del balcón. Cerró la vidriera y fue al baño, y encontró a la lechuza posada al borde de la bañera; abrió el pico y desplegó las alas. «Sí, fuera de ahí, hay demasiada luz en este cuarto.» Pasó volando junto a él con pericia hacia el dormitorio y fue a posarse a la mesa del tocador. Se vio en el espejo. Volvió la cabeza en redondo y lo miró a él, que se había detenido al lado de la puerta. «Vamos a mudarnos, niña. Lo malo es que todavía no sé adónde.» Volvió a entrar en el baño, quería lavarse las manos.

—Carajo —exclamó, porque se habían llevado todas las toallas.

Secándose las manos en los pantalones y en el cabello, regresó al cuarto y se sentó en la cama. Miró el teléfono. Debía avisar al consulado que se mudaría de hotel.

## XVIII

El cónsul honorario actuó como si estuviera acostumbrado a cosas así.

—Una lechuza, ya veo. Es interesante. Pasa, pasa. Déjala ahí. Eso es. ¿Y qué haces con una lechuza?

Él dejó caer la maleta detrás de la puerta de la sala y fue a poner la jaula sobre un cofre marroquí. Alguien gritó algo en árabe en otra habitación y una puerta se cerró.

—Ése es Morad —explicó el cónsul—. Mi amigo de Rabat. ¿No te sientas? ¿Qué fue lo que pasó en el Atlas?

—Ensució por todos lados.

—No dejan de tener razón, los del hotel. No es un pájaro que les guste, no señor —dijo entornando los ojos—. ¿Y qué piensas hacer?

—Buscar otro hotel, para empezar. Al pájaro voy a soltarlo, desde luego. Pero parece un poco joven. Y creo que está débil.

El cónsul lo miraba fijamente; no estaba interesado en la lechuza, sino en él.

—¿Qué puedo hacer por ti?

—¿Puedo dejar aquí mis cosas mientras encuentro otra habitación?

—¿Y dónde la vas a buscar?

—Había pensado en una pensión en la Medina. No creo que allí se opongan.

La cara del cónsul cambió; la idea de habitar en una pensión de la Medina parecía repugnarle.

—Si puedes vivir en lugares así... Pero tú puedes, claro, estás joven. Oye —dijo luego—, ¿no serás traficante de drogas?

—No. Por supuesto que no.

—Bien. Puedes ser franco conmigo, de todas maneras.

Él se puso de pie.

—Supongo que más vale que me apure. No sabe cuánto le agradezco. —Miró a la lechuza, se inclinó sobre la jaula—. Adiós, preciosa —le dijo—. Aquí estarás segura.

—¿Preciosa, eh? —se burló el cónsul—. Tú estás tan loco como cualquiera en este bendito país.

Lo acompañó hasta las escaleras, que bajaban directamente a la puerta de la calle. Antes de cerrarla, oyó a sus espaldas al cónsul que decía:

—¡Morad! Ven a ver lo que nos trajo nuestro nuevo amigo colombiano.

## XIX

Aunque el sol brillaba en lo alto del espléndido cielo marroquí, en las callecitas sombreadas el aire era húmedo y frío. Bajaba rápido por un laberinto inclinado, donde a veces se encontraba con el olor del mar. En las calles menos angostas, apretujados contra los muros, había vendedores de vajillas, de cosméticos naturales, de legumbres, de pescado. Encontró por fin el Zoco Chico. En el café Tingis estaba Rashid, sentado a una mesita con otros dos hombres, llenando quinielas de fútbol. Él se sentó a una mesita a pocos pasos.

—Hércules, Toledo —recitaba uno de ellos, y los otros decían: uno, equis, o dos.

—Numancia, Compostela... Mallorca, Atlético de Madrid...

Cuando terminaron de rellenar el boleto, Rashid se excusó de sus amigos y fue a sentarse con él.

—¿Qué hay de nuevo, amigo? Todavía no tengo tu kif.

—No venía por eso. Ando buscando una pensión.

—¿Tú quieres vivir en una pensión? ¿Por aquí?

—¿Por qué no?

—No, por nada. —Rashid se miró las manos un momento—. Conozco dos o tres, si quieres que te lleve.

—El problema es que tengo una *yuca*.

—¿Ah sí, una yuca? —se sonrió Rashid—. ¿Tienes una yuca? —le parecía divertido.

—Me han dicho que aquí la gente no las quiere. En Colombia mucha gente cree que traen mala suerte.

—Por qué. En todas partes hay estúpidos. Es sólo un pájaro. Yo no creo en esas tonterías. Buena suerte o mala suerte. Yo soy un musulmán verdadero. No puedo creer en cosas así.

—¿Me ayudarás a encontrar una pensión?

—Sí, desde luego. *Yal-lah.*

Se levantaron.


## XX

Bajaron por la antigua *rue de la Poste,* donde se encontraron con una pobre joven vestida con harapos de militar. Rashid explicó que su esposo había sido capturado por los argelinos, o por el Polisario, cuando prestaba el servicio militar. Ella creía que estaba vivo, y juntaba dinero para viajar al Sur a buscarlo —desde hacía más de diez años, dijo Rashid.

—Aquí es.

«Pensión Calpe», decía el letrero pintado con tinta roja en una puerta de hierro. El corredor de azulejos olía a pies sucios y a lejía, y las paredes estaban cubiertas de mugre. Un marroquí corpulento, que vestía una yilaba raída y sandalias de plástico, les mostró una habitación en el segundo piso. Era más amplia de lo que él había esperado. La semioscuridad resultaba conveniente; la luz del día entraba sólo por una ventanita que daba a un angosto patio interior. La luz provenía de una bombilla desnuda que colgaba del cielo raso. Aunque la cama era muy estrecha, las sábanas parecían limpias.

—¿Vale? —preguntó Rashid.

—Sí, está bien.

—Págale.

—¿Cómo?

—Que si quieres el cuarto, le pagas ahora a este señor.

—De acuerdo —dijo—. Volveré por la tarde. Salieron a la calle.

—Ahora —le dijo Rashid—, vas a invitarme a tomar un café.

## XXI

Seguía a Rashid cuesta arriba por una callecita sucia con olor a alcantarilla y a cadáver. Iban hacia un pequeño café de fumadores —había dicho Rashid— donde podrían encontrar un cortador de kif.

—El otro día, estuve hablando con dos niños que ganan dinero capturando perros. Dicen que sirven para burlar a los perros de los aduaneros españoles. Los venden a un hombre que es conductor de camiones. Lleva chocolate oculto en su camión. Pues, degüella un perro y rocía con su sangre los lugares donde está escondido el chocolate, y dicen que los perros policías, al olerla, se alejan, porque los asusta el olor.

—Increíble.

—Te lo juro, amigo. ¿Cómo voy a inventar algo así?

—¿Y funciona?

—Parece. Yo qué sé.

Llegaron al café, un cubículo oscuro con cuatro mesitas a lo largo de una pared pintada grotescamente con un paisaje del desierto —dunas, un camello, palmeras. El hacedor de té, un viejo de turbante y chaleco, saludó a Rashid y a él le dirigió una mirada de indiferencia o desconfianza.

Se sentaron de espaldas a la pared en un jergón. El viejo les sirvió el té y luego fue a tumbarse en una pequeña plataforma de madera cubierta con una estera de junco al lado de otro marroquí, un joven de pelo largo y grasiento y grandes dientes amarillos, que cortaba kif sobre una tablita de madera. El olor de la hierba se entremezclaba agradablemente con el de la menta y los botones de azahar.

—*Bismil-láh* —dijo Rashid y tomó un sorbo de su té.

La joven loca vestida de militar asomó la cabeza desde la calle, para pedir dinero.

—Dale algo —sugirió Rashid, y él obedeció: se sacó del bolsillo una moneda de cinco dirhams y la dejó caer sobre la mano extendida de la mujer.

—*Báraca l-láh u fik* —dijo ésta, y con una reverencia dirigida a Rashid, salió del café.

Rashid sonreía con satisfacción.

—Bien hecho —dijo—. Es buena mujer.

Media hora más tarde, él salió del café con una bola de kif cortado que le abultaba en el bolsillo. Camino de la pensión, se detuvo en un estanco a comprar cigarrillos; pidió la marca más barata.


## XXII

El jardinero del cónsul le abrió la puerta y le hizo subir a la salita de espera. La maleta estaba detrás de la puerta, donde la había dejado, pero la jaula ya no estaba sobre el cofre. Desde el comedor, al que se subía por una escalerita de medio caracol, llegaban el olor del café y las voces del cónsul y de Morad, el amigo de Rabat, que tenían una discusión de sobremesa. Hablaban en inglés.

—Claro que no está mal. Ya te dije que me interesaba. Mucho —decía el cónsul—. Tú lo has visto, ¿no?

—¿Tiene dinero?

—Yo qué sé. No es el dinero lo que me interesa.

El otro se rió.

—Entonces, ¿qué?

—Ya sé adónde quieres ir a parar. No te preocupes. No es eso. Parece alguien con quien se puede conversar. Y eso es importante para mí.

—De qué, ¿de lechuzas? —se rió el marroquí—. ¿Qué sabes tú de por qué está aquí? No te lo diría si es lo que yo pienso. ¿Cuánto crees que pueda costar?

Confundido al oír todo esto, dudaba entre subir al comedor o aguardar, pero oyó ruido de sillas que se movían y decidió bajar el tramo de escaleras hacia la salida; bajó poco a poco. Oyó pasos; bajaban por la escalerita de caracol. Entonces subió decididamente otra vez a la sala.

—Hombre, si ya estás aquí —exclamó el cónsul, y se dieron la mano.

Morad tendría veinte años, vestía a la europea con bastante elegancia. El cónsul los presentó.

—¿Dónde está la lechuza? —preguntó, tan afablemente como pudo.

—En el jardín. No te preocupes. Le hemos echado una manta encima. Sí. Odian el día.

—¿Qué vas a hacer con ella? —le preguntó Morad con un dejo andaluz.

—Soltarla, supongo.

—¿Soltarla? No, me la darás a mí.

El cónsul se sonrió.

—Vamos, vamos. No pasa nada. A ver, te explico. Morad se ha enamorado de tu lechuza. La quiere. Quiere que sea suya. ¿Comprendes? Y está dispuesto a pagar. ¿Cuánto vale?

—No está a la venta.

—Él está muy interesado.

—¿Ah sí? —se sonrió—. ¿Cuánto podría pagar?

El cónsul se volvió para mirar a Morad y dejarle hablar.

—Es para mi tío que la quiero. Tiene una colección de pájaros. Tiene varias lechuzas, con y sin orejas. Ésta le gustaría, estoy seguro. Podría darte hasta mil. Dirhams, ¿eh? No pienses en dólares.

Lo pensó un momento, dijo no con la cabeza.

—Muchas gracias —agregó un segundo más tarde.

El marroquí se tocó la boca del estómago. Luego movió la mano vagamente y alcanzó a decir con cortesía:

—Es una oferta honrosa.

—No digo que no —respondió él. Ahora podía permitirse el lujo de ser afable—. Pero no me gusta la idea de que esa lechuza vaya a formar parte de ninguna colección.

—Ah, comprendo —dijo el marroquí; había algo ligeramente amenazador en su voz—. Es por eso.

—Siempre se puede cambiar de parecer —dijo el cónsul, tratando de ser diplomático.

Morad se sonrió, pero una sonrisa no valía una sonrisa en esa álgebra.

—¿Has encontrado alojamiento? —dijo el cónsul.

—Sí, he tenido suerte.

—Magnífico. Y ahora supongo que quieres tu pájaro, ¿eh? —Asomó la cabeza a las escaleras descendentes y gritó—. ¡Mohamed! ¡Mohamed! El pájaro del señor.


## XXIII

Con el peso de la maleta al hombro y la jaula de la lechuza en una mano, bajó por la calle Riad Sultán a lo largo del muro que bordea la Casbah por el lado del mar.

En la plaza de la Casbah, al pie de los muros de la antigua prisión, había un grupo de turistas españoles. Un guía con yilaba blanca y gorro de fez hablaba del rey Alfonso VI (que dio Tánger como dote de su hermana Catarina a Carlos II de Inglaterra) mientras varios niños pordioseros revoloteaban entre ellos, y besaban sus manos o las mangas o faldas de sus camisas.

Entró en la Medina por la Puerta del Mar, y bajó por una callecita pendiente hacia la calle Ben Rasuli, donde un chico de cabeza rapada comenzó a andar a su lado. Alzó una mano, para pedir dinero. «No —dijo él—. No, ahora no». «Dame dirham. Pobre. Pobre. Comer.» Hizo además de echarse algo a la boca y luego le agarró la manga y le acercó los labios. «¡No!» Pero el otro sujetaba su camisa con una fuerza inesperada, y aunque él dio un tirón para soltarse no lo consiguió. «¡Suelta ya!», exclamó. Y entonces otro chico marroquí, mayor que el primero, se puso a su derecha y, dándole un empujón, le arrebató la jaula y comenzó a correr calle abajo.

—¡Hey! Alto ahí. ¡Ladrón! —gritó él, y, dando un golpe al chico que lo sujetaba, se libertó y empezó a correr tras el ladrón.

No conocía las callecitas, pero lo guiaba el ruido de las pisadas del que huía. Una vez se equivocó, entrando en un callejón sin salida, pero un viejo que reparaba una tetera de latón en un nicho empotrado en la pared le indicó el buen camino, y al volverse alcanzó a ver al ladrón que doblaba una esquina pocos metros laberinto abajo. La jaula de la lechuza golpeó el muro y dejó una raya en el estuco. Imposible alcanzarlo —pensaba— con la maleta encima. Salió a una calle larga y empinada, y vio al ladrón que corría velozmente varios metros más abajo. Se detuvo casi sin aliento, resignado, diciéndose que Morad no había tenido tiempo para mandar a ese chico por el pájaro, cuando vio que, en el fondo de la calle, al doblar para meterse en una calle lateral, el ladrón resbaló y, levantando las piernas, fue a dar de espaldas en el suelo. La jaula con la lechuza se elevó en el aire y cayó aparatosamente frente a la puerta de un vendedor de alfombras, que asomó la cabeza para ver qué sucedía. Él gritó de nuevo: «¡Hey! ¡Ladrón! ¡Ese hombre es un ladrón!», y siguió corriendo calle abajo. El ladrón se levantó rápidamente y desapareció, dejando la jaula donde estaba —a pocos pasos de la resbaladura.

## XXIV

Attup, el oso musulmán que hacía de recepcionista en la pensión Calpe, no opuso ningún reparo por la lechuza, pero exigía un pasaporte o algún documento de identidad. Logró aplacarlo con una tarjeta de banco y el permiso de conducir colombiano. Attup apenas hablaba español pero le hizo entender, ayudándose con señas y alguna que otra palabra francesa, que no era buena idea estar sin pasaporte. Últimamente —explicó— los gendarmes hacían redadas en las pensiones de la Medina en busca de gente sin papeles —africanos de Mali o Senegal que venían a Tánger con la esperanza de llegar a Europa cruzando el estrecho de Gibraltar. Podían causarle problemas —dijo— y para evitarlo lo mejor sería hacer una visita a la comisaría, donde le extenderían una identificación temporal.

—Muchas gracias. Lo haré enseguida.

—*Joli oiseau* —dijo Attup—. *Vraiment joli.*

Lo acompañó hasta el cuarto en el segundo piso y le entregó la llave de la puerta. Él dejó la maleta sobre la cama y puso la jaula al pie de un viejo radiador, debajo de la ventana. Siguió a Attup de vuelta al escritorio junto a la escalera, que servía de recepción, y le preguntó dónde quedaba la comisaría más cercana. En la ciudad nueva, le dijo Attup. Le aconsejó además que se sacara fotografías, pues iba a necesitarlas. Le indicó un estudio fotográfico que estaba cerca de la pensión.

—Si yo tuviera algún poder —le dijo él—, el puesto de cónsul honorario de Colombia te lo daría a ti.

Attup se sonrió parcamente.

—*B'slama* —dijo.

—Hasta luego.

## XXV

Sacadas las fotografías, facilitada una identificación temporal por la policía marroquí, y compradas las entrañas para el pájaro, volvió al atardecer a la pensión. La lechuza dormía en su jaula. Estaba cansado, y tenía la cara cubierta de grasa y humo de escape —aquí ocurría lo mismo que al andar por las calles de Cali, pensó. Tomó de la maleta sus cosas de baño, se puso unas zapatillas de plástico y salió al corredor en busca del baño, que, como lo indicaba un letrero en francés, estaba en el fondo de un corredor del otro lado del pequeño patio. Los azulejos, cubiertos de una película verdosa, eran peligrosamente resbalosos, y el agua, tibia apenas, caía perezosamente de un caño oxidado. Era posible asearse: la cosa era no permitir que ninguna parte de tu cuerpo entrara en contacto con aquellas paredes inmundas y no dejar caer al suelo la pastilla de jabón.

De vuelta en el cuarto, después de vestirse, abrió la puertecita de la jaula para dejar salir a la lechuza. Crecería todavía un poco más, pensó al verla salir y saltar para posarse sobre el viejo radiador. Notó, entonces, que tenía el ala izquierda ligeramente caída, pero no se alarmó. Desenvolvió el atadijo de entrañas, mientras seguía observando a la lechuza, que lo miraba fijamente y abría el pico una y otra vez.

Arrojó un pedazo de hígado de pollo a los pies de la lechuza y la lechuza saltó al suelo.

—Qué pasa con esa ala —preguntó, al ver que la arrastraba. Se acercó, tomó suavemente el ala por la punta, la extendió, y la lechuza, con un movimiento inesperado, le dio un picotazo en un nudillo.

—¡Hey! —Retrocedió, sorprendido, pero supo que había sido un reflejo de dolor: tenía el ala herida. Había una manchita de sangre en las plumas cerca de la articulación. Retrocedió otro paso y se sentó al filo de la cama.


## XXVI

Envuelto en una nube de humo de kif, sentado en posición de loto en su cama de la pensión, la espalda apoyada en la pared húmeda y fría, se inventaba un destino marroquí. No volvería a casa en mucho tiempo. Aprendería el árabe. Quizá hasta se haría musulmán. Compraría una esposa bereber. Había estado solo mucho tiempo. ¿Pero hacía cuántas semanas que estaba en Tánger?

De pronto sintió hambre, y después de contar su dinero y comprobar con alarma que le quedaba muy poco —ciento veinte dirhams— tomó su tarjeta de banco y salió a la calle con rumbo al Boulevard Pasteur, donde había cajeros automáticos.

Intentó extraer dinero varias veces en tres cajeros distintos, y fracasó. Su mujer no había hecho el depósito, como él le había pedido. Estaba en apuros, pero no iba a desesperar. Se alejó del último cajero y anduvo hacia la plaza de Francia.

La pordiosera con traje militar pedía limosna entre las mesas de la terraza del café de París. Cuando él pasó a su lado, dejó de mendigar y lo miró. Él se sonrió y ella extendió una mano. Sin pensarlo, metió la mano en el bolsillo donde tenía un billete de veinte dirhams, y, con una abnegación que le causó sorpresa a él mismo, se lo dio a la mujer.

—Dios te ayude —dijo ella, se acercó el billete a los labios y se alejó, atravesando la plaza hacia la calle de Fez.

Él comenzó a subir por otra calle, súbitamente lleno de energías, entre contento por su imprevisible acto de generosidad y confundido y un poco alarmado por su precaria situación. «Debe de ser el kif», pensó.

Era sólo cuestión de tiempo el que uno de los cajeros funcionara, pero el hecho de estar sin dinero tenía sobre él un efecto casi físico. Se sentía liviano. Ahora andaba muy deprisa, cuesta abajo o cuesta arriba.


## XXVII

—Eso no es nada —dijo Rashid—. Mi amigo la curará.

Metió la lechuza en la jaula.

—Tu amigo, ¿qué clase de animales cura?

—Sobre todo vacas y ovejas, pero de vez en cuando le llevan perros o gatos.

—A ver si sabe algo de pájaros.

—Algo tiene que saber. Le llevarán también gallinas.

El veterinario tenía su consulta en Achakar, una explanada sobre el Atlántico al sur del cabo Espartel. Era una casa cuadrada, rodeada por un huerto, con su pérgola y su aljibe.

Un perro salió de un tonel tumbado que servía de perrera y comenzó a ladrar, tirando de la cuerda que lo ataba. Soplaba el viento y unos cardos secos arañaban y hacían chirriar el lomo oxidado del tonel. El taxista se bajó de su Mercedes Benz desvencijado y, diciéndole a Rashid que los esperaría ahí, se puso a examinar una hollada de camello en el barro seco y arenoso a la orilla del camino.

El doctor Al Rudani estaba sentado detrás de un escritorio blanco en una salita de paredes verdes y piso gris. Era alto, oscuro y narigón. La bata que vestía estaba nítida, el lugar olía a cloroformo y a amoníaco.

—A ver, a ver —dijo—, ¿qué me traes, Rashid?

Rashid habló en árabe con el doctor. Luego el doctor lo saludó a él en español, preguntó por la situación colombiana, y se inclinó para mirar a la lechuza.

—¿Me permite?

Tomó la jaula, la colocó sobre una mesa de metal, se puso guantes de plástico. Encendió una potente lámpara, y, con cuidado y firmeza, sacó a la lechuza de la jaula. Sujetándole la cabeza con una mano, extendió con la otra el ala herida. La lechuza se revolvió, estirando las garras y agitando el ala buena, luego permaneció completamente inmóvil. Al doctor no parecía gustarle lo que veía. Limpió un poco de sangre con una bolita de algodón. «Tch, tch.» Levantó dos plumas entre los dedos, las soltó, y las plumas volvieron lentamente a su sitio.

—Pobrecita —dijo el doctor—, creo que no volverá a volar.

Sin soltarle la cabeza, la sujetó por los tarsos y la introdujo otra vez en la jaula.

—No hay nada que yo pueda hacer. —Apagó la lámpara.

—¿No tiene compostura?

—Me temo que no. Si quiere, me la deja. La pondré a dormir.

—¿A dormir? —dijo él.

—Sí, usted sabe. El gran sueño —se sonrió el doctor.

—No, de ninguna manera.

Rashid se encogió de hombros, como disculpándose.

—Debiste venderla —dijo—. Ahora no vale nada. Tomó la jaula.

—Muchas gracias, doctor.

—Ya le digo, no volverá a volar. Sufrirá mucho, nada más.

Alzó la jaula, miró a la lechuza, que parecía asustada.

—Espero que se equivoque. Pero gracias de todas maneras.

En ese momento entraron en la clínica dos mujeres con un perrito pequinés que parecía muerto o desmayado. La mujer mayor, que tendría cincuenta años, y que llevaba el perrito en brazos, fue directamente hacia el doctor. La otra, unos veinte años más joven, se quedó junto a la puerta.

—Ah, madame Choiseul —exclamó el doctor, y se apartó de Rashid para saludar a la dama y recibir al pequinés.

—Mírelo usted —dijo Mme Choiseul en francés.

El doctor puso el perrito, que era completamente negro, sobre la mesa de metal. Encendió otra vez la lámpara y con dos dedos separó los párpados de uno de los ojos del perro.

—Vamos a ver. —Comenzó a examinarlo, palpándole el vientre, mientras Mme Choiseul le acariciaba la cabecita con un aire maternal.

La otra mujer, mientras tanto, se había fijado en la lechuza. Le dirigió a él una sonrisa, y dijo en francés:

—Lindo pájaro.

—Gracias.

—¿Es suyo?

—Sí.

La mujer se acercó. Aunque era un poco bizca, la encontraba atractiva.

—¿Le pasa algo?

—El doctor cree que tiene rota un ala.

—Oh, lástima.

—Sí. Dice que no tiene compostura.

—Qué ojos. ¿Cómo se golpeó?

—Es una larga historia.

Rashid estaba a la puerta.

—¿Nos vamos? —dijo—. El taxi está esperando.

—Sí, un momento —respondió él.

—Te espero fuera.

La mujer se sonrió.

—¿Adónde van?

—A Tánger.

—¿Es su amigo?

—No, en realidad. Me sirve de guía.

—Nosotras también vamos a Tánger. Si quieres, te llevamos. ¿No te importa que te hable de tú?

—No, desde luego que no. Gracias.

—Si quieres, te detengo el pájaro, ¿no?

Le dio la jaula.

—Muy bien.

Salió de la clínica a la luz de la tarde. Rashid y el taxista estaban en el Mercedes. Inclinó la cabeza hacia la ventanilla y le dijo a Rashid:

—Las mujeres me llevarán.

—De acuerdo. Pero paga al taxista.

Sacó de la billetera los cincuenta dirhams que le quedaban y los dio a Rashid.

—Eso no alcanza.

—Pero Rashid, no tengo más. —Abrió la billetera para hacérselo ver.

—Son cien —dijo el taxista a Rashid— y eso porque eres tú.

—Te pagaré más tarde, Rashid.

—Dame una garantía —respondió Rashid, que parecía irritado.

—Está bien. —Se quitó el reloj de pulsera y lo entregó a Rashid.

Rashid se sonrió.

—Vale, vale —dijo. Se volvió al taxista—. Vámonos. En la Medina te pagaré —le dijo en árabe.

Las ruedas del Mercedes dispararon guijas y levantaron dos nubecitas de polvo, y el perro del doctor no dejó de ladrar hasta que el auto viró al camino asfaltado para perfilarse contra el cielo y el mar. Luego volvió a meterse en su tonel.


## XXVIII

Dentro de la clínica, el perrito pequinés había revivido. Estaba de pie sobre la mesa, agitando la cola. Ladró dos veces, con voz ronca, dio un pequeño salto, resolló y sacudió la cabeza.

—Es un actor —dijo Mme Choiseul—. Sólo quería que lo sacáramos en el auto. —Se volvió a su amiga—. ¿No, Julie? Se lo aseguro, doctor, finge los desmayos.

—No lo creo —dijo el doctor—. Pero sólo Al-láh lo sabe todo.

La señora lo tomó de la mesa y lo puso en el suelo, y el perrito describió un círculo corriendo y ladrando alrededor de su ama.

—Vamos, Taubin, cállate. —Abrió su bolso para extraer un billete de cien dirhams y lo dio al doctor.

—Gracias. Y hasta la próxima —dijo el doctor.

—Ah, qué luz sublime —dijo Mme Choiseul al salir a la brisa del atardecer. El perrito corrió a orinar contra el bordillo de piedras color arena que rodeaba el huerto del doctor, luego fue a investigar las curiosas huellas de camello en medio del camino. El perro del doctor salió en silencio de su tonel y se lanzó sobre el pequinés, que se percató en el último instante y hurtó el cuerpo, soltando un aullido. El perro del doctor se ahorcaba al final de la cadena.

—Oh, pobre pájaro —exclamó Mme Choiseul, mirando a la lechuza—. Debería estar en libertad.

El sol no se había hundido todavía, pero había dejado de calentar.

—Vamos —dijo la joven—, tengo frío. Tal vez el señor nos puede explicar en el camino qué está haciendo con una lechuza.

Subieron al auto. El perrito, que no hacía ningún caso a la lechuza, ladraba a los niños que vendían piñones a la orilla del camino, mientras los eucaliptos y las mimosas se desgarraban a ambos lados del auto y sus olores entraban por las ventanillas.

—Yo estoy aquí por accidente —comenzó a explicar él.

Después de contar una versión dorada de su historia, averiguó que Julie Bachelier estudiaba Arqueología y se interesaba en el pasado romano y prerromano de la región. Estaba de vacaciones. Se alojaba en casa de Mme Choiseul, en las afueras de Tánger. El nombre de Mme Choiseul era Christine. Conducía muy mal.

Fugazmente, imaginó a las dos mujeres abrazándose.

—Mi madre es contable —dijo Julie—. Trabaja para Christine en París.

Decidió que Julie le interesaba.

—Tú tienes cara de marroquí —le dijo Mme Choiseul.

—Ya me lo han dicho —respondió—. Creo que no me gustaría ser marroquí.

—¿Te gusta ser colombiano?

—La verdad, no mucho, no.

Las francesas asintieron; habría sido mejor nacer europeo.

—Pero en Europa siento que me asfixio. Demasiada organización.

Desde las alturas de R'milat se veía la ciudad de Tánger entre las colinas; una extensa salina en la luz del atardecer. Pasando los vastos palacios de los príncipes saudíes, Mme Choiseul dobló a un camino angosto que descendía entre dos muros altos de estuco ya deslucido y coronados con masas de buganvillas y madreselvas en flor.

—Oh, qué estoy haciendo —exclamó Mme Choiseul—. ¿Adónde iba usted? Me había distraído y voy a casa.

—A la Medina.

—¿La Medina? ¿Y qué va a hacer allí?

—Allí me alojo, en una pensión.

—¿De veras? —dijo Julie.

—No he encontrado otro sitio que me acepte con el pájaro. Es un poco deprimente, es verdad.

—Pero entonces —dijo Julie—, no creo que tengas mucha prisa en volver. ¿Por qué no lo invitamos a tomar un café con nosotras, Christine?

—*Mais oui* —dijo Mme Choiseul, y, mirándolo por el retrovisor para ver qué contestaba, estuvo a punto de rozar el costado del auto contra un muro—. *Oh là là!* —exclamó.

XXIX

La casa de Mme Choiseul, en la parte superior del camino de Sidi Mesmudi, se erguía en una pequeña meseta y estaba rodeada por un amplio jardín con olivos, una alta cortina de eucaliptos, y un cañaveral.

—¡Artifo! —gritó al bajarse del auto y dejar en libertad al pequinés, que salió corriendo hacia la parte baja del jardín.

El jardín descendía en pequeñas terrazas, tenía una fuente y muchos arriates con flores y, más allá, una araucaria negra que se levantaba contra el cielo.

Artifo, un viejo con barba recortada y gorrita de pescador, apareció por una puerta lateral.

—¿Sí, madame?

—Dile a Fátima que vamos a tomar el té. Y enciende el fuego en la sala y en mi cuarto. Hay que hacerlo todos los días —explicó, dándole la espalda a Artifo.

Salieron del garaje. Desde allí podían oírse las olas del mar por debajo del rumor del viento en las ramas de los árboles, aunque la orilla debía de estar lejos, pensó él.

Pasaron por un corredor oscuro hacia una sala sobrepoblada de tiestos con plantas y flores, donde la luz entraba por varias ventanitas arqueadas. Las paredes estaban forradas con satén en tiras rojas, rosa y violeta, y el suelo era esponjoso, cubierto como estaba con alfombras bereberes con pequeños dibujos que sugerían manos y ojos. Había rimeros de libros de arte en varias mesitas de café, y las librerías estaban colmadas de libros viejos. Julie le quitó la jaula de las manos y la puso entre dos ventanas sobre un aparador.

Se sentaron junto a la chimenea, Mme Choiseul en un pequeño sofá, con el pequinés sobre las piernas, Julie en un puf marroquí, los brazos alrededor de las rodillas, y él en un diván, mientras Artifo cubría un montón de hojas de eucalipto secas con trozos de leña y les prendía fuego.

Los colores del cuarto se avivaron con las primeras llamaradas y un olor medicinal los envolvió.

—Ya sé que no hace tanto frío como para tener un fuego —dijo Mme Choiseul, cuyas mejillas también enrojecían con las llamas— pero tampoco hace tanto calor como para no encenderlo. Yo soy una adoratriz del fuego. —Miró a la chimenea—. Padezco de frío.

Artifo salió de la sala.

Ahora Mme Choiseul miraba a la lechuza.

—Es hermosa —dijo, y se volvió hacia él—. Los marroquíes tienen todo un repertorio de cuentos de animales. Hay uno acerca de la lechuza.

Una vieja un poco encorvada con un pañuelo blanco ceñido a la cabeza apareció por la puerta batiente de la cocina. Traía un gran azafate con las cosas para el té.

XXX

Bebieron té y hablaron de cosas triviales; del estado del país, de las posibilidades de cambios, del destino de Pinochet y del parecido y las diferencias entre éste y el Sultán.

—Por supuesto que todo el mundo debería poder opinar acerca de cualquier cosa, pero no, por ejemplo, por la radio o la prensa. Hay límites —decía Julie.

Pero Mme Choiseul estaba más interesada en averiguar cómo se había golpeado la lechuza que en discutir los límites que debía tener la libertad de expresión del pensamiento en un país musulmán.

Él contó el episodio del ladrón en la Medina.

—¿Quién querría robarse una lechuza? —dijo Julie—. ¿Tienen algún valor?

—Yo sé —dijo Mme Choiseul— que a veces las cazan. Son fáciles de atrapar. No creo que valgan mucho pero desde luego eso es relativo. Cualquier chiquillo puede cazar una.

—¿Y para qué las usan? —Julie quería saber.

—Dios sabe —dijo Mme Choiseul—. Se ve que las pueden vender.

Él les contó entonces cómo el amigo del cónsul le había ofrecido mil dirhams por el pájaro.

—Tal vez era una broma —dijo por último.

—¿Pero sospechas de él?

—Parece absurdo.

—El señor cónsul honorario de Colombia —dijo Mme Choiseul— no tiene la mejor reputación. Yo que tú, no seguiría intentando recuperar el pasaporte a través de él. A menos que tengas intenciones de permanecer aquí bastante tiempo.

—¿Y entonces qué podría hacer? —preguntó Julie.

—Puede hacérselo enviar directamente de su país a través de Rabat.

—Gracias por el consejo —dijo él—. Veré qué puedo hacer.

Artifo entró con una bandeja a recoger las tazas y preguntó si deseaban algo más. Fuera ya estaba oscuro y el fuego rojo se reflejaba en los cristales de las ventanas.


XXXI

Julie conducía el auto de Mme Choiseul cuesta abajo por el angosto camino del Monte Viejo entre los sinuosos muros de las residencias europeas.

—¿No tienes novia? —preguntó.

—No.

—¿Estás casado?

—No.

Llegaron en silencio al río del Judío, que corre al pie del Monte.

—Tengo una compañera en Colombia. Vivimos juntos, sí. Pero la cosa no anda muy bien. ¿Y tú?

—No, yo vivo sola.

Ahora subían por la calle recta de Dradeb, un centro de actividad donde los musulmanes cruzaban peligrosamente de una acera a la otra sorteando automóviles. Las luces de los baqales, las herrerías y panaderías apretujadas en los bajos de las casas de apartamentos brillaban a todo lo largo de la calle empinada. Julie decía que era típico de un país del Sur que las casas de los ricos estuvieran rodeadas de barriadas sumidas en la pobreza y preguntó si en Cali era también así.

—Exactamente. ¿Puedo invitarte a cenar?

—No veo por qué no —dijo Julie con una sonrisa—, pero me pareció oír que te habías quedado sin dinero.

—Es la verdad. Pero con un poco de suerte tal vez logre extraer algo de uno de los cajeros automáticos que hay en el Boulevard. Esta mañana cuando lo intenté ninguno funcionaba.

—Ah, eso era todo. Yo pensé que era más complicado. Debo confesar que me tenías intrigada.

—Entonces, ¿vamos a cenar?

—Como quieras. Sólo te advierto que detesto los restaurantes típicos, y no como pescado.

—¿Vietnamita?

—Por qué no —pero parecía más dudosa que convencida.

—Antes habrá que ir a la pensión a dejar la lechuza.

Julie estacionó el auto en la calle de Portugal, cerca de la entrada inferior de la Medina.

—Ve corriendo —dijo—. Te espero aquí.

## XXXII

No le gustaba mentir pero a veces la verdad acerca de sí mismo le parecía inaceptable y entonces se lo permitía, siempre con la intención de cambiar las cosas para que sus ficciones llegaran a coincidir con la realidad. Podía no estar casado, como lo estaba de hecho, ni ser un simple turista con el pasaporte extraviado. Se miró en el espejo. Como decían las mujeres, los hombres eran calaveras. Sonriéndose incómodamente, se volvió y apagó la luz.

El cajero automático se negó una vez más a entregarle el dinero deseado.

—No importa —le dijo Julie—. Invito yo.

Durante la cena en La Pagoda siguieron hablando de política marroquí, mientras a su lado varias carpas decorativas nadaban de arriba abajo en una pecera. Salieron del restaurante a la calle oscura, alfombrada con basura plástica.

—¿Adónde vamos? —dijo Julie cuando estuvieron en el auto.

—Tú mandas —dijo él.

—¿No tendrás por casualidad un poco de hierba en tu pensión?

## XXXIII

Attup los dejó pasar con discreción profesional.

—Disculpa el desorden —dijo él, antes de empujar la puerta de su habitación.

Las sábanas estaban revueltas y había varios libros en el suelo alrededor de la cama —guías de viaje y novelas. Un cenicero marroquí lleno de tabaco suelto y colillas de cigarrillos. Algunos periódicos sucios extendidos al pie del radiador, donde estaba la lechuza. El aire olía a humedad.

—¿Y esto?

Una bombilla desnuda pegada a la pared con un pedazo de cinta aislante que él usaba como lámpara para leer.

—Mi propio diseño. Puedes sentarte en la cama.

—Sí, no hay otro lugar.

Ahora estaban los dos en la cama, de costado, frente a frente, ella con la cabeza apoyada en una mano. Él vaciaba un cigarrillo. Estiró un brazo para echar el tabaco en el cenicero, sacó de debajo del colchón su *nabula* de kif. La desató y comenzó a rellenar el cigarrillo.

—¿Y eso, es también tu propio sistema?

—No, no. Es convencional.

Se levantó para vaciar el cenicero en un bote de basura y volvió a tumbarse en la cama. Humedeció el cigarrillo con saliva, lo encendió.

## XXXIV

Mientras el cigarrillo de kif se reducía a cenizas e iba y venía entre sus bocas, dibujando en el aire encerrado arabescos de humo azul, él imaginaba que untaba un poco de crema en el muslo de Julie, lo frotaba con ambas manos.

—Oh, Dios —decía ella.

Le besaba las nalgas, pasaba la lengua por los sitios peligrosos, la deslizaba columna arriba hasta la nuca, le mordía un grueso mechón de cabello.

—Oh, estoy empapada.

Los pezones en sus senos suaves y blancos estaban curiosamente invertidos, crecían hacia dentro; al oprimirlos entre sus labios, emergían un momento y luego volvían a hundirse en la carne lechosa como se retraen los cuernos de un caracol.

—Estaba sana cuando la compré, estoy seguro.

—Olvídalo, ya no hay nada que hacer —dijo ella, mirando a la lechuza—. Pero aquí no se está bien. Este cuarto, la humedad. Parece muy malsano.

—Sí. Estaría mejor en la montaña.

—¿No me la regalas?

—Si la quieres.

—No estoy segura. —Le devolvió el cigarrillo, y él lo apagó en el cenicero—. Tal vez tú puedes venir con ella.

—¿Tú crees?

—Estoy segura. —Miró su reloj—. Pero ahora es mejor que me vaya. Christine podría preocuparse. ¿Nos veremos mañana?

—Eso espero.

—Yo vendré a buscarte.

—Estaré aguardándote.

Un beso rápido en la boca, sin intercambio de salivas.

—*Au revoir, beautè* —le dijo Julie a la lechuza.

—Hasta mañana —dijo él.

Cuando estuvo solo en la habitación, arrancó una hoja de papel de un bloc que tenía en la maleta y se puso a escribir a casa para pedir un poco más de dinero. Más tarde por la noche tuvo un típico sueño de culpa. Nadaba en un río y veía mucha gente que andada sobre el agua, mientras que él tenía que esforzarse para mantenerse a flote.


XXXV

Mme Choiseul llegó a buscarlo a la mañana siguiente en lugar de Julie. Attup la condujo hasta la habitación.

—Julie fue con Fátima al hamam por un masaje —explicó Mme Choiseul—. Me pidió que pasara por ti. ¿Quieres estarte unos días con nosotras?

Bajaron hasta la Avenida de España, donde Mme Choiseul había estacionado el automóvil. Él metió la maleta en el asiento de atrás y Mme Choiseul puso la jaula de la lechuza encima.

«En Marruecos, a la gente no le gusta ir al fondo de las cosas, nadie quiere hablar acerca de algo que a nosotros nos parece incorrecto», decía la voz de Nadia Yassin, la hija del líder fundamentalista prisionero en Slá, quien estaba siendo entrevistada por la Radio Medi-I.

«Hablemos claramente —le dijo el entrevistador—. Lo que ustedes quieren es una revolución».

«No —dijo la joven marroquí—. Pero sí queremos un cambio radical. No queremos cambiar las cosas; queremos cambiar a los hombres».

—¿Qué te parece? —dijo Mme Choiseul, y apagó la radio.

—No parece tonta.

—Habla como una estudiante de liceo francés.

Siguieron rodando en silencio, alejándose del centro de Tánger en dirección al Zoco de los Bueyes. Bajaron por California y siguieron hacia el Monte Viejo por Vasco da Gama.

El perrito pequinés salió a recibirlos al portón.

—Sígueme. Te mostraré tu alcoba. Espero que te gustará —se sonrió.

Quedaba en la parte más baja del jardín. Era un pequeño pabellón de inspiración mudéjar, flanqueado por cipreses romanos. Estaba generosamente alfombrado, y había cojines de varios tamaños y colores amontonados sobre la cama. En un rincón, una pequeña chimenea estaba lista para ser encendida. Por una ventana arqueada podía verse, a lo lejos, la joroba del monte M'Jimet, salpicada con casitas blancas y cuadradas.

—¿Qué te parece?

—Maravilloso.

Mme Choiseul puso la jaula en una mesita de taracea marroquí cerca de la ventana. La lechuza escuchaba con atención, ahora con un oído, ahora con el otro, lo que ocurría a su alrededor.

«Esto es vida», se dijo él a sí mismo cuando estuvo solo, acostado en la cama con las manos cruzadas detrás de la cabeza. Más allá del parteluz de la ventana y los cipreses, cientos de estorninos y gorriones gritaban y rayaban el oro azul de la tarde.

«No durará», pensó.


## XXXVI

Julie, con su pequeño rostro de proa, caminaba junto a él por la playa de arena blanca que se perdía en la distancia al sur de Ras Achakar. Allí estaban las ruinas de Cotta, donde, durante siglos, los romanos trituraron olivas para hacer aceite y salaron sardinas y atún.

—Aquí les quitaban la cabeza, las entrañas, las aletas y la cola, que usaban para fabricar una pasta de pescado. El piso estaba hecho de losas perfectamente ajustadas, de las que quedan todavía algunos restos —Julie le explicaba. Tenía la intención de continuar las excavaciones que la princesa Rúspoli había comenzado en los años cincuenta y que el gobierno marroquí, después de la Independencia, la había obligado a abandonar.

Se alejaban de un montoncito de piedras, cada una numerada (por obra de la difunta princesa, dijo Julie) como trozos de un gran rompecabezas, que algún día servirían para reconstruir los baños romanos. Sobre el mar había un borroso castillo de polvo y el sol poniente estaba cambiando la belleza de los colores.

—Tal vez vuelva el año próximo —dijo Julie—. Pero para trabajar aquí hace falta un permiso de Su Majestad Jerifiana, y dudo que pueda conseguirlo, a menos que Christine hable con alguien de Rabat. De todas formas, la semana que viene voy a empezar un curso de árabe magrebí. Sin eso, no creo que pueda llegar a nada.

—Te envidio. —Le tomó la mano.

Julie le dirigió una sonrisa grave.

—Tu mujer —le dijo luego sin mirarlo—, ¿no te molesta engañarla?

—Sí, pero no tengo alternativa.

—Eso me cuesta comprenderlo.

En ocasiones parecidas se había servido de una frase de Chamfort:

—Laura —dijo— es la clase de mujer que es imposible no engañar.

—¿Qué quiere decir eso? —preguntó Julie, ligeramente ofendida.

—Que es la clase de mujer que no se puede abandonar —él se sonrió.

—Oh, comprendo —dijo Julie en voz baja; y enseguida, entre dientes—: *Imbécile.*

Se detuvo, giró sobre sus talones.

—Qué pasa, Julie.

—Nada.

—¿Te has enfadado?

—No.

Anduvieron en silencio proyectando largas sombras sobre la arena hacia el sitio sobre el ribazo de rocas al final de la playa donde habían dejado el automóvil.


## XXXVII


No encontró a Rashid en el Tingis, así que siguió bajando hasta el puerto y tomó un taxi.

—¿Al Boulevard?

—No, al Monte Viejo, por favor —dijo en magrebí—. ¿Conoces?

—Sí —dijo el taxista, y lo miró—. Tú, ¿eres marroquí?

—No.

—¿Tunecino?

—No.

—¿Egipcio?

—No.

—¿De dónde eres?

—De Colombia.

—¿Pero hablan árabe en Colombia?

—No. Español.

—Aquí también hablamos español —dijo el taxista en español tangerino—. ¿Cómo es la vida en tu país?

—Más o menos como aquí.

—Horrible, entonces.

—Es verdad.

La radio transmitía un partido de fútbol marroquí. El taxista preguntó si en Colombia jugaban a las quinielas.

—No tanto como aquí.

—Es un juego interesante. Puedes ganar mucho dinero.

—Si tienes suerte, supongo que sí.

—Yo creo que tú eres un hombre con suerte.

—No sé —dijo—. Va y viene, la suerte.

—Tienes razón, amigo.

El Mercedes giró un poco peligrosamente y comenzaron a bajar por la pendiente del barrio California.

—Tú, aprendes árabe.

—Me gustaría.

—¿Te gusta el Magreb?

—Mucho.

—Ya ves. ¿Sabes lo que es el islam?

—Por supuesto.

—No, digo si sabes lo que es en realidad. ¿Eres musulmán?

—No, no. Soy cristiano.

—¿Cómo vas a saber lo que es el islam si no eres musulmán?

—Tienes razón.

—Bueno. Si quieres, puedes convertirte en musulmán. Sólo tienes que decir...

—Sí, lo sé. Ya me lo han explicado.

—Bueno, *jay*. Tú verás. ¿No eres hebreo, eh?

—No.

—Pues entonces, no hay ningún problema. Si quieres, puedes hacerte musulmán.

Siguieron por Vasco da Gama hacia el camino de Sidi Mesmudi, y pasaron frente al palacete de una de las princesas del Kuwait.

—Aquí viven sólo los muy ricos —dijo el taxista con desprecio, y él sintió un extraño pudor por la riqueza ajena.

—Aquí es —dijo cuando llegaron a la casa de Mme Choiseul.

—¿Aquí? —el taxista detuvo el Mercedes frente al portón—. Son cien dirhams —dijo.

—¿Cómo?

—*Mía dirham.* Cien dirhams.

—Es demasiado.

—¿Demasiado? Pues dame ochenta.

—Veinte es lo que acostumbro pagar.

El taxista sin mirarlo dijo no con la cabeza.

—A ver, cincuenta —dijo después.

—Treinta —replicó él, contando las monedas—, es todo lo que te voy a dar.

Alargó la mano con el dinero, pero el taxista no lo recibía. Abrió la portezuela y salió del auto, dejando el dinero en el asiento. Cerraba la puerta cuando el taxista se volvió a él para gritarle, enfurecido:

—*Intina yehudi!*

Por el lado de Tánger, miles de golondrinas revolaban en bloque contra la vasta pantalla del cielo, cada una un punto en una red que cambiaba de forma, se tejía y se destejía al capricho de alguna inteligencia natural.

## XXXVIII

La lechuza abrió los ojos a la luz líquida y hambrienta del atardecer. Volvió un oído a la ventana, para percibir mejor los sonidos que llenaban el aire del ocaso y se mezclaban con el rumor uniforme de la brisa que subía desde el mar. Un hombre daba voces, igual que todas las tardes a esa hora. Los pájaros seguían arañando el cielo o gritaban desde las ramas de los árboles. Varios mosquitos zumbaban cerca de la ventana y algunas mariposas nocturnas comenzaban a revolotear, atraídas por el último brillo del sol reflejado en los cristales. Se oyó el crujido de las escamas de una lagartija crujir cuando se introducía por una grieta debajo de la ventana. Las hojas secas, el polvo y un escarabajo muerto eran barridos por el viento. Un saltamontes voló sobre la hierba. El viejo marroquí que se ocupaba del fuego hacía los gestos sin sentido que solía hacer a aquella hora —se oía el ruido de sus pies y sus rodillas al cambiar de posición sobre una alfombra de esparto.

El hombre que le daba carne estaba hablando con otro —el sonido de sus voces llegaba muy débilmente, ahogado por el ronquido del motor de un automóvil. El desconocido alzó la voz y el ruido del auto se alejó. El perrito de la casa ladraba. Alguien se acercaba por el camino de losas que bajaba desde la parte alta del jardín.

Reconoció el ruido de las pisadas del que se acercaba: era el muchacho que la había despertado de su ligero sueño más temprano, por la tarde, tocando con un dedo el cristal de la ventana. «Yuk, yuk», había hecho, y la había asustado. Había oído hacer ese sonido a otro muchacho.

Fue cuando vivía en el edificio en ruinas del antiguo hospital italiano. La cornisa donde había hecho nido daba sobre un jardín descuidado, con arriates que se habían convertido en matorrales y enredaderas que colgaban de las ramas de los árboles. Se había sentido segura, pues nadie, ni las monjas ni los hermanos, paseaba por ahí desde hacía varios años. Del otro lado del jardín, junto a la verja que lo separaba de la calle, había una perrera grande, donde en tiempos había vivido un perro policía, y que un día comenzó a ser habitada por un niño marroquí. Venía del campo y tenía los modales rústicos de la gente del campo. El niño debió de verla regresar a su nido una madrugada, y más tarde había trepado hasta la cornisa con una escalera, para sorprenderla mientras dormía. Le había echado encima un costal y le había atado las patas con una cuerda. Soltó un chillido, estremeciéndose con el recuerdo. Ahora estaba despierta, pero tampoco podía hacer nada.

XXXIX

—Uhuu, ¡aquí arriba! —dijo la voz de Mme Choiseul desde un balcón—. ¿Cómo te ha ido?

—*Comme ci, comme ça* —dijo él, mirando hacia arriba—. ¿No ha vuelto Julie?

—Sí, volvió. Pero ha ido de compras, algo de última hora. Hemos invitado a cenar a unos amigos. Una chica belga casada con un marroquí. Si te apetece comer con nosotros, estás bienvenido.

—Sí, encantado. Muchas gracias.

—Los invitados vienen a las siete.

—¿Puedo ayudar en algo?

—No, no. Está todo listo.

—¿Seguro?

—Bueno, si insistes. ¿Qué te parece si cortas unas flores del jardín?


## XL

La noche olía a los jazmines que acababa de cortar. Empujó la puerta de la casita de huéspedes y al ver la ventana abierta y la jaula vacía tuvo una sensación de pérdida que —se dijo a sí mismo— no tenía nada que ver con una simple lechuza. Buscó debajo de la cama y una corriente de aire frío le tocó la cabeza. Fue a cerrar la ventana; estaba seguro de que no la había dejado abierta. Se fijó en la leña que estaba en la cesta y pensó en Artifo; quizá él podría darle alguna explicación. Miró por la ventana la oscuridad exterior, acentuada por el brillo lejano de las luces en lo alto de las colinas del otro lado de la bahía de Tánger, que por un momento confundió con las estrellas.

Salió de la casita y la rodeó, buscando algún rastro del pájaro. Si había saltado fuera por la ventana, era posible que todavía estuviera por ahí. Comenzó a andar hacia la casa principal, y a medio camino se detuvo a escuchar: Mme Choiseul y Julie discutían en uno de los cuartos del piso de arriba; no alcanzó a comprender lo que decían. Rodeó la casa y se encontró con Artifo cerca del cuarto donde guardaban la leña.

—Disculpa, Artifo, ¿has estado en mi cuarto?

—Todavía no, monsieur.

—¿Quién llevó la leña, no sabes?

—No lo sé. Tal vez fue Fátima. ¿No tiene suficiente? Le llevaré un poco más.

—No, gracias. No es por eso. Alguien abrió la ventana. ¿No fuiste tú?

—No, monsieur.

—¿Quién la abriría?

Artifo se encogió de hombros, como si no pudiera comprender por qué estaba tan molesto porque alguien hubiera abierto la ventana de su habitación.

—La lechuza se escapó —le dijo—. ¿No la has visto?

—No. ¿No estaba en la jaula?

—La dejé fuera de la jaula.

—Ah. ¿Por qué la dejó fuera?

—Porque... Olvídalo. —Se volvió, aguantando el enojo.

## XLI

—No te olvides de que estamos en Marruecos —dijo la señora Sebti, poniendo la fuente de ensalada al alcance de su anfitriona—. ¿No sabías que aquí la ley prohíbe y castiga las relaciones entre hombre y mujer, si no están casados?

—¿Sólo entre hombres y mujeres, eh? —dijo Mme Choiseul, mirando a Adil es-Sebti, el esposo marroquí.

Mientras tanto, éste decía a Julie:

—Por supuesto, pero igual que la pasta de sardinas, casi todo el aceite de oliva provenía de aquí. En Cádiz era vertido en ánforas gaditanas y así era enviado a Roma.

La maquila fue inventada hace mucho tiempo, mi querida amiga.

Desde el mar subía claramente el ronquido de una lancha de motor. Todos lo oyeron.

—Traficantes —dijo Adil.

Se quedaron un rato escuchándolo (se alejaba de la costa) y luego volvieron a sus conversaciones.

—¿Tú eres musulmana, no? —le dijo Julie a la señora Sebti.

—Es automático, si te casas con un marroquí.

—Pero es un poco absurdo —dijo Mme Choiseul—. No creen en la conversión de nadie, a menos que de alguna manera les convenga. Como en este caso, apoderarse de la mujer del enemigo —se sonrió—. Mentalidad de clan. Perdóname, Adil, pero así lo veo yo.

—¿Cómo son las mujeres colombianas? —preguntó la señora Sebti, para incluirlo en la conversación.

Él estaba pensando en la lechuza.

—¿Disculpe?

—Que si las mujeres colombianas son muy católicas —se sonrió ambiguamente— o si están emancipadas.

—De todo hay —contestó—. Como aquí.

—Tal vez. Tal vez aquí son más tradicionales.

—¿Son como las españolas?

—¿Y eso qué quiere decir? —interrumpió Mme Choiseul.

—Tan abiertas —se sonrió Adil.

—No podría decírselo —dijo él—, no conozco muy bien a las mujeres españolas. —Se volvió a Julie y le dijo—: La lechuza desapareció. Estaba abierta la ventana, pero yo la dejé cerrada, estoy seguro.

Mme Choiseul le dijo a Adil:

—De acuerdo, tal vez no serán más felices. De todas formas me parece que vale la pena probar. —Se volvió hacia él para decirle—: ¿La lechuza? ¿De verdad? —Se quedó pensando un momento—: ¿No te falta nada más? ¿Dinero, alguna alhaja?

—No. Nada.

—El nieto de Artifo... —Mme Choiseul no se decidía a continuar, mientras los otros seguían hablando de la emancipación del pueblo marroquí—. Lo vi rondando tu cuarto. Vamos a preguntárselo más tarde.

—No, no —decía Adil—. Está bien que pongan en la cárcel a los negros sin papeles. Son un verdadero problema.

Julie se enfureció.

—Usted sabrá mucho de sardinas o de aceite de oliva —le dijo a Adil— pero sus opiniones acerca de los demás no le llevarán muy lejos en Europa ni en el resto del mundo civilizado.

—No pienso cambiar de país —dijo Adil, sonriendo un poco amargamente— ni de religión, así que eso que dice no me parece un problema.

La señora Sebti miró a su esposo con desaprobación.

—Creo que quiero irme a dormir. ¿Nos vamos? —le dijo.

Mme Choiseul los acompañó hasta la puerta, mientras Julie, que parecía nerviosa, recogía vasos sucios para llevarlos a la cocina. Regresó con varias cervezas en una bandeja.

—¿Una? —le preguntó, y él alargó la mano para tomar un botellín—. Christine está interrogando a Artifo acerca de su nieto Hamsa. Parece que fue él quien se llevó la lechuza.

Mme Choiseul regresó, y su cara mostraba alguna satisfacción. Se sentó cerca del fuego y se sirvió medio vaso de cerveza.

—Creo que el misterio está resuelto —dijo.

## XLII

Iban a pie siguiendo a Artifo por el camino entre los muros erizados de puntas de lanza o botellas astilladas de los palacios saudíes, mientras el viento zumbaba en los hilos de la luz. El último muro acababa de manera abrupta en un alud de basura que caía hacia el mar por la ladera entre un bosque ralo de grandes cedros. El mar, azul anilina, podía oírse golpear contra la orilla. Dos cuervos y, más abajo, dos mujeres pobres que llevaban yilabas color turquesa y mandarina y pañuelos negros en la cabeza hurgaban a conciencia en el basurero.

Pasaron por una hondonada donde había un caserón con una noria rota, y donde la vista se abría gloriosamente sobre laderas verdes y empinadas hasta el pezón de roca de cabo Espartel.

Andaban ahora por un viejo camino de adoquines en un prado de tréboles salpicado con estiércol de cabras y ovejas. Junto a una choza de piedras pintada de añil y rodeada de ropa tendida sobre matorrales, Artifo se detuvo y llamó a voces el nombre de alguien que no contestó.

Subieron por un sendero tallado en la roca hacia la casona abandonada y en ruinas de los Perdicaris, y luego doblaron a un sendero que descendía. En un pequeño rellano sobre una herradura de roca encontraron el cobertizo del pastor, hecho de piedras y de láminas, techado con una lona ennegrecida con sulfato de hierro y alquitrán.

Ni Hamsa ni las ovejas estaban ahí.

—No tardará en volver —les dijo Artifo.

Se sentaron sobre la hierba mirando al mar, que se estrellaba contra las rocas, amontonadas unos cincuenta metros más abajo, a los pies del acantilado del cual se habían desprendido.

No tardaron mucho en oír el rumor de varias pezuñas que arañaban las piedras. De entre dos peñascos surgieron las ovejas en tropel. Las primeras se detuvieron un instante para mirar a los extraños con ojos inquisitivos y benévolos; luego, empujadas por las que venían detrás, siguieron trotando hacia el corral de piedras y espinos.

—*Derrrrrr!* —exclamaba Hamsa, que apareció de último.

Cuando todas las ovejas estuvieron dentro, cerró la puerta del corral y las contó. Sin darse prisa, fue a saludar a su abuelo.

Artifo habló en magrebí con su nieto y al cabo de un rato él los interrumpió.

—¿Puedes preguntarle si tomó la lechuza? —le dijo a Artifo, que pareció incomodarse y sacudió la cabeza.

—Espera, espera.

Poco después interrogó al muchacho, que se mostró indiferente. El nombre de Mme Choiseul fue pronunciado y por fin Hamsa asintió con la cabeza. Se quedó mirando un rato la capa de niebla que hacía invisible el litoral español, y después, en un tono distinto del que había estado empleando, comenzó a dar alguna explicación. Cuando terminó de hablar, Artifo se volvió hacia ellos y dijo gravemente:

—Sí, tiene la lechuza.

—Muy bien —respondió él, sin enfado—. ¿Dónde está?

Otro intercambio de palabras magrebíes. Luego Hamsa fue a abrir la puertecita desvencijada del cobertizo, levantó la lona con su cayado para que los extranjeros no tuvieran que agacharse demasiado para pasar.

Cuando sus ojos se hubieron acostumbrado a la oscuridad, vio a la lechuza en su estaca, la cabeza doblada sobre el pecho. Se volvió hacia Artifo, que parecía aliviado.

—¿Te ha dicho por qué la tomó? —le preguntó. La lechuza alzó la cabeza y miró a su alrededor. Hamsa dio más explicaciones a su abuelo. Éste interpretó, dirigiéndose a Julie en vez de mirarlo a él.

—No sabía que fuera de nadie —dijo—. La vio en la ventana y como estaba herida pensó que había parado allí a refugiarse y la agarró.

—¿Y la jaula —dijo él—, no vio la jaula?

—Dice que no.

—¿Qué pensaba hacer con ella?

—Curarla y soltarla después.

—¿No puede venderla?

Ahora Artifo lo miró.

—No valen nada las lechuzas.

«Miente», pensó. ¿Pero qué podía hacer él con la lechuza?

—¿De veras?

—Valen muy poco —Artifo se corrigió—. Los niños las cazan a veces para venderlas a alguna vieja o a algún judío, que las usan para hacer brujerías.

Él miró a Julie.

—¿Qué piensas tú?

El pastor había puesto cara de inocente. Aunque estaba claro que era un simple, parecía que tenía buen corazón.

—Si cree que puede curarla —dijo ella—, por qué no dejar que lo intente.

Él no creía que Hamsa fuera capaz de curarla, sin embargo:

—Sí —dijo—, por qué no.

Se volvió hacia Artifo.

—Se la dejaré.

Al despedirse, Julie le dio la mano a Hamsa y él siguió su ejemplo y después se puso en cuclillas frente a la lechuza y le tocó la cabeza suavemente para decirle adiós. La lechuza sacudió la cabeza.

Salió detrás de Julie a la claridad exterior. El día había alcanzado el máximo de luminosidad; el cielo estaba veteado con hiladas de cirros de horizonte a horizonte. Empezaron a andar, respirando el aire lustroso y azul. Julie lo tomó del brazo con cariñosa autoridad.

—Creo que has hecho bien.

—Supongo —dijo él con duda en la voz.

Artifo salió apresuradamente del cobertizo y los alcanzó.

—Monsieur —dijo—. Mi nieto pregunta si puede darle un poco de dinero para comprarle carne al pájaro.

Resopló, pero con una sonrisa de indulgencia. Extrajo un billete de veinte dirhams del bolsillo del pantalón y lo dio a Artifo, que regresó deprisa al cobertizo.

Julie volvió a tomarlo del brazo y siguieron caminando pendiente arriba sin esperar al viejo marroquí.

—¿Ya te conté —iba diciendo Julie— que los nueve mil leones que los romanos sacrificaron para la dedicación del Coliseo eran todos marroquíes? Los enviaban desde Volúbilis. Llegaron a extinguirlos prácticamente en menos de dos siglos.

Al llegar a la parte más alta del camino, él se detuvo y miró a Occidente, donde se abría el mar. Con cierta tristeza sintió que podía estar viendo aquel lugar por última vez.

## XLIII

Pensando en Julie, bajó deprisa hacia el Zoco Chico por la calle de los Plateros, donde había vendedores de turrón duro y crepas moras. Gracias a ella, ahora sabía que esta calle había sido en otro tiempo una calzada romana.

Cuando llegó al café Tingis, Rashid estaba con un grupo de amigos, como de costumbre, llenando quinielas.

—Betis, Athletic de Bilbao... Mallorca, Salamanca... Real Madrid, Barcelona... —recitaban.

Rashid lo vio, le dijo: «Un momento», y volvió a concentrarse en las quinielas.

Él fue a ojear la vitrina de una tienda del otro lado de la plaza, donde antiguamente estuvo un foro romano. ¿Podría contentar a Laura con un collar de ámbar marroquí? Tal vez, pensó; pero no tenía suficiente dinero para comprarlo.

—¡Hey, amigo! —le dijo Rashid, que había terminado con las quinielas; atravesó la plaza.

—Qué hay de nuevo. ¿No te has olvidado de Rashid, eh? ¿Quieres tu reloj? —se rió—. ¿Tienes mi dinero? —Un apretón de manos.

—No. Puedes quedarte con el reloj. —Miró la muñeca de Rashid, pero no vio ningún reloj—. Vine a despedirme. Mi pasaporte está en camino.

—Vamos a tomar un café. Esta vez invito yo.

Salieron del Zoco Chico para bajar hacia el café Stah.

—Es una lástima que te vayas. Había pensado pedirte un gran favor —dijo Rashid cuando estuvieron sentados al sol en la terracita del café. La luz suave y dorada de la bahía que les lamía los ojos, la sirena de un barco que dejaba atrás el puerto, el olor a humo de tabaco negro y a café; todo esto le daba un sabor nostálgico a la conversación de despedida—. Estoy seguro de que ganaré con esta quiniela. La llenamos entre varios amigos. Pensaba que la única persona en quien podría confiar para mandar a cobrarla en España eras tú.

—Oh, es un honor —dijo él—. Si no me fuera, con mucho gusto te haría ese favor.

—*Insha Al-láh.*

Poco después se levantaron y anduvieron hacia el puerto.

—¿Y qué pasó con la lechuza? —preguntó Rashid.

Frente a la estación de taxis se despidieron, habiendo acordado que, de no marcharse esa semana, él volvería para ver si Rashid y sus amigos habían tenido suerte con la quiniela.

—Si ganamos —dijo Rashid—, tú irás a Algeciras a cobrar el dinero. Será maravilloso. Te daremos el cinco por ciento de comisión, te lo juro.

—De acuerdo —dijo él.

—Hasta luego —le dijo Rashid, y lo abrazó para darle un beso en cada mejilla—. Y *Trek salama!,* si te vas.

# Collar

## XLLIV

Mi muy querido,

te escribo en la computadora para ahorrar espacio.
Qué vaina lo de tu pasaporte, que alarga todavía más esta
separación. He ido a la embajada y hablé con el primer secretario. El lunes me dirán algo, pero me han advertido
que el trámite podría ir para largo. Literalmente, se me en-
coge el corazón de pensarlo solamente.

He avisado a tu tío. No está nada contento, pero
ya lo conoces, siempre tan desconfiado. Dice que va a des-
contarte el sueldo de cada día que faltes. Si no fueras uno
de sus sobrinos favoritos ya te habría despedido.

Llamé anoche a casa de los Solano, pero Víctor no había llegado todavía. Parece que el avión se retrasó en Madrid.

Pórtate bien.

## XLV

Mi amor,

mil gracias por las babuchas y el caftán que Víctor
pasó dejándome el sábado, recién bajado del avión. Me
quedan perfectamente.

El lunes fuimos con los Solano de visita relámpago
—en la avioneta del padre de Víctor— al parque del Chocó,
porque era el cumpleaños de Víctor, como sabes. En la

primera hora que estuvimos allí, fue como si todos los animales hubieran decidido salir a saludar a Víctor, y vimos de todo: dos zorritos color tabaco y naranja, varios monos araña, dos tucanes, un coatimundi, una lagartija que tuvo la mala suerte de ser devorada ante nuestros ojos por una serpiente, y miles, literalmente miles de mariposas color azufre —flotaban entre la selva por todas partes, avanzando siempre en dirección al Sur, y siguieron pasando durante horas, de hecho, durante todo el tiempo que estuvimos allí. A Víctor se le ocurrió que eso podía ser un presagio de mal tiempo.

Llamé al primer secretario hoy por la mañana, pero estaba en sesión. No me ha devuelto la llamada.


## XLVI

Mi cielo,

tu tío llamó hoy, ansioso por tus noticias. Víctor ocupará tu puesto, sólo durante tu ausencia, me aseguró. Le dije que había hablado con los de la embajada y dice que va a presionar al secretario, pero yo creo que puede ser un error. El secretario, don Sebastián Vichiria, es un viejito malfollado, como diría tu amiga Blanca, y tiene unos prejuicios increíbles. Parece desaprobar que hayas decidido perder el pasaporte en un sitio como Tánger. Dice que todo el mundo sabe que es una de las capitales de la perdición. Se niega a tratar con el cónsul honorario, a quien has visitado, que dice es un norteamericano de la peor reputación, y quiere que lo hagamos todo a través de la embajada, que está en Rabat. Tuvo el descaro de preguntarme si no creía posible que tú hubieras vendido (o regalado) tu pasaporte a un marroquí; se han dado, según él, bastantes casos. ¿Es cierto que muchos marroquíes mueren a diario intentando cruzar el Estrecho?

Bueno, mi lindo. Cuídate mucho, no te aburras demasiado y piensa en mí.


## XLVII

¡Hola precioso!

¿Dónde estás? He llamado al hotel Atlas —es posible telefonear directamente, al contrario de lo que me aseguraste— y me dijeron que ya habías dejado la habitación.

Tu tío habló con Vichiria y las cosas se han complicado. Ahora ha sugerido, muy en serio, que podías estar metido en un problema de tráfico de drogas. No sé qué voy a hacer. Te siento tan lejano. Tu último fax me pareció muy frío. Espero que nuestro reencuentro traiga consigo un poco de pasión desenfrenada.

Por supuesto que deposité más dinero en tu cuenta, como me lo pediste. Pero ten presente que no estoy nadando en plata, y peor ahora que ha subido la cuota telefónica, y enviándote todos estos faxes.


## XLVIII

Amadísimo,

lo de la mudanza del Atlas a causa de una lechuza es original. Pero no me parece divertido que sólo escribas para pedir dinero. ¿Qué haces todo el día? Te repito que no debes tener celos de Víctor, ni de nadie más.

No te imaginas el desastre que ha causado el huracán. Casi tanto como el Mitch, dice la gente. Hace tres días declararon emergencia nacional. Nadie, aquí en Cali al menos, ha ido a trabajar. Los Solano y yo decidimos viajar al Chocó el fin de semana (por extraño que parezca, allá hace un tiempo esplendoroso, según los amigos de Víctor que tienen una posada en pleno parque, a orillas del Atrato) en lugar de quedarnos viendo llover en Cali. Cientos de personas murieron en la costa, miles perdieron sus casas, y las calles están muy mal.

Ando toda inquieta sin saber qué hacer y preguntándome cuándo te veré.


## XLIX

¡Hola!
anoche volví tarde del viaje y me encontré con sólo unas líneas de tu último fax. El papel se había terminado y se me olvidó cambiar el rollo, por despistada. ¿Puedes enviarlo de nuevo?

Te llamó un tal señor Lavarría. Parece que ha perdido su casa y necesita ayuda. Tu tío está fatal, enfadadísimo contigo. Tiene las bodegas inundadas con más de un metro de fango, que parece que ya se está poniendo duro. Limpiarlo le costará meses de trabajo y muchísimo dinero. Dice que, de haber querido, tú pudiste conseguir un salvoconducto para volver directamente, y que preferiste solicitar el pasaporte para prolongar tus vacaciones.

Tengo que salir corriendo.


## L

Hola querido,
acaba de llamarme el doctor Vichiria para pedirme dinero para el envío de tu pasaporte por courier especial

a Tánger, a casa de una tal Mme Choiseul. Son cien dólares, que no sé dónde voy a conseguir.

Te anuncio que aquí ha habido cambios, algunos de ellos drásticos.

El que más te afectará, creo, es que tu tío ha contratado a Víctor para que ocupe definitivamente el puesto que has dejado vacío durante casi un mes. Lo he llamado para decirle que no me parece justo, pero no me ha devuelto la llamada, y supongo que no me quiere hablar.

Begonia y Víctor se están separando, más bien, ya se han separado: ella lo dejó a él.

Y yo (se me desgarra literalmente el corazón al escribirlo) me voy esta misma noche del apartamento, creo que para siempre.

# Tercera parte

# Fuga

## LI

Claro que su perseguidor pudo burlar la guardia de los aduaneros españoles. Todo el mundo sabía que los contrabandistas lo hacían con regularidad. Había sido un error aceptar la propuesta de Rashid —aun si le hubiera ofrecido el diez por ciento de las apuestas habría sido un error.

Era uno de los marroquíes que había visto llenando quinielas con Rashid, estaba casi seguro. Ahora, mientras los reclutas españoles se emborrachaban ruidosamente con cerveza y añoranza, el marroquí jugaba al billar romano en el otro extremo del Bodegas Melilla.

Tomó su vaso de cerveza de la barra y se volvió para mirar a una chica marroquí. Era realmente hermosa. Tenía cabellos claros y ojos grises. Hablaba con un español de piel gruesa con profundas arrugas y una voz ronca, casi metálica, de fumador empedernido. La chica debía de ser contrabandista o prostituta, o ambas cosas, pensó.

Se volvió hacia el gran espejo del otro lado de la barra. Rashid había confiado en él; ahora él desconfiaba de Rashid. Pero su desconfianza no sería bastante para justificar que una vez cobrado el boleto, en lugar de regresar a Tánger, él desapareciera. Si lo seguían, seguramente era para evitar que ocurriera algo así. Metió dos dedos en el bolsillo secreto de su pantalón para tocar el filo del boleto. Cincuenta millones de pesetas era demasiado dinero.

¿Dónde se me habrá pegado?, se preguntaba. Previendo ya alguna estratagema, había cambiado de planes a última hora. En vez de tomar el transbordador de Tánger a Algeciras, como le había dicho a Rashid, tomó un autobús para Melilla. Había salido de la pensión al amanecer, tres horas antes de lo previsto, y estaba seguro de que nadie lo había seguido hasta la estación. Pero era posible que Attup les avisara.

Después de pedir una cerveza más, al mismo tiempo que se tocaba el bolsillo de pecho donde guardaba el nuevo pasaporte, miró otra vez a la belleza mora. Ella se percató, y le dirigió una sonrisa furtiva, mientras el español le explicaba alguna historia, los ojos clavados en el piso cubierto de colillas y serrín.

Sería absurdo morir en Melilla, pensó.

No quería emborracharse y era demasiado pronto para irse a dormir. Salió del Bodegas Melilla y dobló a la avenida de Juan Carlos I, en lugar de volver hacia Primo de Rivera, donde quedaba el hotel.

Anduvo hasta la plaza de España, mirando hacia atrás de vez en cuando, pero no vio al marroquí. Las calles comenzaban a animarse; la hora de la siesta había terminado. Igual que en Tánger, aquí la actividad humana era alegrada por los gritos y gorjeos de los pájaros.

La plaza de España tenía un aire catalán, pero sus fachadas de estuco y azulejos no llegaban a salvarla de la fealdad de las hileras de anuncios luminosos de agencias de viajes y establecimientos comerciales. Aunque ya había comprado un billete para el transbordador a Almería, en ese momento decidió cambiarlo por uno para Málaga. Entró en una agencia en la calle Pablo Vallesca y, al comprobar que la diferencia de precio entre el billete de transbordador y el de avión era mínima, decidió volar a Málaga.

Así sería más difícil seguirlo, pensaba, si en efecto alguien lo seguía.

Pero era absurdo seguir pensando que alguien lo seguía, se dijo a sí mismo al salir a la calle y mirar en todas direcciones, buscando al marroquí entre los paseantes españoles. Subió por el paseo marítimo del General Macías hacia Medina Sidonia, atraído hacia allí por una nostalgia inexplicable, aquel sentimiento de pérdida que sólo había experimentado en Tánger.

Subió por un sencillo laberinto hacia la capilla de Santiago «el Matamoros», y hasta un fortín que recordaba el de Xáuen y resultó ser el museo municipal, que estaba cerrado. Anduvo a lo largo de las murallas y encontró un pequeño mercado marroquí. Recordó el día que fueron con Julie a Xáuen. Poco después de eso, las francesas se habían ido a París, y lo habían dejado prácticamente en la calle. Era comprensible que Mme Choiseul no lo invitara a quedarse en su casa. Sin embargo, él había entretenido esa ilusión. Después, pasó varias semanas esperando noticias de Julie, y un día por fin las recibió: había conseguido novio en París. ¿Estaría él todavía en Tánger para la primavera, cuando ella intentaría volver? Probablemente no, había contestado; y no volvió a saber de ella.

Para evitar las escaleras por las que había subido, bajó a la plaza de la Avanzadilla por un callejón oscuro, que se bifurcaba. El ramal que eligió, el más ancho, igual que tantos callejones de la Medina de Tánger, se iba angostando poco a poco, hasta convertirse en una especie de patiecito familiar. Un gato negro estaba masticando ruidosamente un pedazo de pescado. Desde alguna ventana llegaban gritos, y la risa de un niño.

Se volvió callejón arriba, cuando el marroquí que debió seguirle de lejos todo el tiempo le cerró el paso deliberadamente.

—Con permiso —dijo, con espanto. Los intesti-
nos se le retorcieron.

El otro no se movió.

—¿Nos conocemos? —Su voz sonó mal. Tragó una
saliva ácida.

—Pero claro que te conozco, hombre. —Tenía un
acento inesperado.

—¿En verdad? —respiró—. Perdona, no te recuerdo. ¿Cómo te llamas?

—Ángel Tejedor —dijo el otro claramente.

—¿Cómo? —Algo extraño ocurrió en sus vísceras.
El picor que sentía en todos los poros de su piel era la adre-
nalina generada por el susto. Las piernas comenzaron a tem-
blarle ligera pero incontrolablemente. Ése, Ángel Tejedor,
era su propio nombre—. ¿Es una broma? —atinó a decir.

—Ninguna broma.

Retrocedió dos pasos. Sintió una punzada en el
estómago.

—¿Qué quieres?

—Nada.

—¿Te manda Rashid?

El otro dijo no con la cabeza. Se sacó un cuchillo
largo de debajo de la chaqueta.

—A ver —le dijo—. El pasaporte y el boleto.

Se sacó primero el boleto; después, con renuencia,
el pasaporte.

—Mete el boleto dentro del pasaporte y tíralos al
suelo aquí a mi lado. Que los tires al suelo aquí a mi lado.

Después lo obligó a descalzarse. Curiosamente,
esto lo tranquilizó. El otro tomó los zapatos y los lanzó a
lo alto. Se oyeron caer a una azotea.

—Túmbate boca abajo en el suelo.

Iba a obedecer, inclinándose hacia adelante, pero
de golpe comprendió que el otro necesitaba matarlo para
convertirse efectivamente en él. Se abalanzó contra su

cuerpo y cayeron al suelo, confundiéndose en un abrazo. Un olor desagradable, desconocido. Pero había algo de liberatorio y aun de placentero en aquella lucha elemental: la disolución del miedo. El gato negro pasó corriendo callejón arriba. Sus manos se convirtieron en garras, y la cabellera del enemigo en una ventaja para él, pues pudo asirla con fuerza y hacer golpear contra el suelo el cráneo dos veces con el sonido *crac*. Él era una encrucijada de colores y pulsaciones, y quizá no era suyo el hilo de sangre que escurría entre los adoquines disparejos hacia el fondo del callejón.

Su mano dio con un objeto blando y rectangular. El pasaporte. Sin llegar a creerlo, como en un sueño, se puso de pie de un salto y salió corriendo callejón arriba. Una sola vez miró para atrás, antes de doblar la primera esquina. El otro parecía moverse.

## LII

En realidad fue Ismail quien curó a la lechuza, a la que llamaba simplemente Sarsara. Primero le hizo un emplasto con estiércol de oveja en el ala. Más tarde, al quitárselo, mordió con suavidad la parte quebrada y le ató allí dos cintas, una roja y una azul, de las que colgaba una quijada de puerco espín. Y mientras Hamsa estaba lejos cuidando a las ovejas le cantaba canciones para curar, que había aprendido de su madre o que él mismo inventaba.

> *«El día que tuviste mellizos,*
> *te rompieron el ala.»*
> *«¡Pero nunca tuve mellizos!»*
> *«Y nunca te rompieron el ala.»*

Ahora la lechuza podía volar. Sujetada por una pata con un cordel de pescar, la sacaba del cobertizo al anochecer. Poco a poco iba dándole más cuerda, y la lechuza revolaba a ras de tierra a su alrededor con su silencioso vuelo de grandes alas.

—Si se te escapa —le dijo Hamsa—, me las vas a pagar. ¡Te sacaré a ti los ojos!

Una vez, la lechuza fue a posarse en las ramas de un viejo olivo. Ismail la dejó estar. De pronto, la lechuza voló unos metros y descendió en picada al suelo cubierto de hojas muertas. Luego volvió a su rama en el olivo, y tenía en las garras un pequeño ratón que, Ismail lo vio desde lejos, fue engullido de un solo bocado.

## LIII

Siete meses habían pasado desde el hurto de la lechuza. Era el mes de *nissan,* por mayo, el tiempo propicio, cuando todos debían estar contentos, pero este año no había caído la lluvia. No había cigüeñas en los techos, y las serpientes no salían de sus guaridas. El campo estaba seco; los animales, enclenques.

Ismail había crecido bastante y comenzaba a rebelarse contra Hamsa. Aquella tarde cuando, después de atar la lechuza en su estaca dentro del cobertizo, Hamsa se echó sobre él, Ismail se escabulló debajo de su *casheb* y salió corriendo del cobertizo. Hamsa no lo siguió, se quedó en el suelo sonriendo, y oyó la voz chillona del niño que le lanzaba insultos desde lo alto de las rocas.

A Hamsa no le molestaba la lechuza, ya se había acostumbrado a su mirar insistente y a su canto que decían que traía la muerte. Sólo esperaba noticias de su tío para llevar a cabo el sacrificio, pues temía que el amuleto perdiera eficacia con el tiempo. Un año podía pasar antes de que volviera —le había dicho el tío al marcharse— y el año había pasado ya.

Hamsa estaba solo y comía un plato de almendras molidas con miel y canela la tarde que la cristiana lo visitó.

—*Salaam aleikum* —llamó desde fuera.

Hamsa salió del cobertizo.

—*Aleikum salaam* —contestó.

—¿Me recuerdas? —preguntó la mujer en magrebí. Hamsa asintió con sorpresa, y como ella no decía nada más, agregó:

—Viniste a verme con mi abuelo y otro nazareno.

La cristiana se sonrió. El sol caía sobre el perfil del Monte Viejo y disparaba sus rayos por entre los troncos negros de los cedros.

—Vives en un lugar bellísimo —le dijo.

Un buque petrolero desaparecía entre la bruma espesa del Estrecho. Hamsa dijo:

—Iba a tomar el té. ¿Quieres pasar?

—Gracias —respondió ella, dudando si aceptar o no—. El pájaro, ¿lo tienes todavía?

—¿La yuca? Está dentro —dijo él. Cerró los ojos y volvió la cabeza hacia la puertecita entreabierta.

—¿La has curado?

Hamsa asintió con la cabeza.

—¿En verdad?

—Ya puede volar.

—¿Puedo verla?

—Pasa.

Se volvió, empujó la puerta y levantó con una mano la tela negra del cobertizo.

LIV

«*Tu-uit tu-hu*», hizo la yuca. Volvió la cabeza y miró a la mujer, que se le acercaba despacio porque no quería asustarla.

—¿Cómo estás?

La yuca levantó las alas para demostrar que estaba curada, abrió el pico.

—Bravo —le dijo la mujer a Hamsa con una mirada admirativa.

Hamsa se sonrió.

—*Báraca* —dijo—. ¿Quieres beber té?

—Gracias.

Hamsa indicó las pieles para que la cristiana se sentara. Encendió una cocinita de gas.

—Tu abuelo me pidió —le dijo ella— que te trajera una noticia.

Hamsa miró con recelo a la mujer. Como ningún marroquí quiere ser el portador de malas nuevas, el hecho de que Artifo le enviara una noticia a través de ella lo alarmó.

—Es acerca de tu tío Jalid.

Los ojos de Hamsa se agrandaron.

—¿Vendrá? —preguntó.

—Vendría —dijo la cristiana—, vendría. Si no estuviera preso en Algeciras.

—¿En la cárcel?

—Es lo que dijo tu abuelo.

—¿Por qué?

—No lo sé.

—¿Sabes cuándo saldrá?

—No me lo dijo. Pero no creo que sea pronto.

Hamsa metió menta fresca en una tetera de azófar, agregó azúcar, tomó dos vasitos y los colocó sobre un ataifor.

—*Hamdul-láh* —dijo por fin; no había nada que él pudiera hacer—. ¿Tú eres española? —preguntó.

—No. Soy francesa.

Hamsa volvió la cara a España.

—Hijos de puta —dijo entre dientes.

Levantó la jarrilla de agua hirviendo y la vertió sobre el té. El olor de la menta surgió con el vapor.

—¿Cuándo vas a soltar a la lechuza?

—No lo sé.

—¿Te has encariñado?

Hamsa se rió.

—No, claro que no.

—¿Y entonces, por qué no la dejas ir?

—Tal vez la necesite —dijo.

—¿Para qué?

—No puedo decírtelo.

—¿Un secreto? —dijo ella en francés; no conocía la palabra magrebí.

Hamsa calculaba mentalmente el posible precio de una lechuza; y se preguntaba cuánto habría que pagar por una mujer como aquélla. ¿Estaría dispuesta a acostarse con él a cambio de la yuca? Pero no era una proposición fácil de hacer. Si ella lo quería, no habría ningún problema. Si lograba poner un poco de saliva en el vaso de ella, tal vez conseguiría que lo quisiera.

—¿Vives aquí tú solo?

—Sí.

—Se está muy bien aquí —dijo ella, y miró a su alrededor. Se quitó el pullover.

Hamsa probó el té, chascando los labios, y volvió a meterlo en la tetera.

—Le falta un poco —dijo—. Algún día tendré una verdadera casa. Es mejor.

—Claro.

Hamsa se puso en cuclillas frente al ataifor y, ocultando un instante los vasos con el cuerpo, dejó caer una gota de saliva en el vaso para ella. Luego levantó la tetera humeante y sirvió el té, que al caer en los vasos hizo un poco de espuma.

—Toma —le dijo, alcanzándole el vaso.

—¿No quieres venderme la lechuza?

Hamsa movió ambiguamente la cabeza, no dijo sí ni no.

—¿Qué dices? —insistió la mujer.

—¿Cuánto podrías pagar?

—No sé, mejor dime tú cuánto quisieras.

—Quisiera besarte —le dijo.

Hamsa sintió que se sonrojaba, y los orificios de las narices de la mujer se dilataron.

—¿A mí? —exclamó, confundida, y se señaló a sí misma con el dedo—. Estás loco.

—Perdona, perdona. Es lo que quisiera, nada más —le dijo Hamsa, fijándose en los senos pequeños pero erectos cubiertos sólo por una camiseta de algodón.

—Olvídalo —dijo la mujer, sacudiendo ligeramente la cabeza.

Hamsa se miró los pies; calzaba los Nike, que ya estaban muy maltrechos.

—¿Doscientos dirhams? —insistió ella.

Hamsa, sin quitar los ojos del suelo, dijo no con la cabeza.

—¿Estás seguro? ¿Quién más te la comprará?

—Yo no quiero dinero —le aseguró, mirándola fijamente—. No me interesa el dinero. —Sirvió más té.

La cristiana bebió en silencio; lo observaba con curiosidad.

—¿Trescientos?

Si no estuviera interesada, si estuviera enfadada, ya se habría ido, pensó Hamsa. Había surtido efecto el hechizo de la saliva. *Está dándome otra oportunidad,* razonó.

—Por cada pluma de la lechuza —dijo, esperanzado— quiero un beso.

La cristiana se rió.

—Es una oferta tentadora —reconoció, sonriéndose con nerviosismo—. Son muchos besos.

Hamsa se agachó un poco, miró ansiosamente los pies de la extranjera, que se había descalzado antes de sentarse en la haidora. Eran delicados y blanquísimos. Hamsa se inclinó más, como para besarlos, y ella no los movió.

—No, no, Hamsa —protestó, cuando los labios de Hamsa tocaron la piel fría de sus pies. Los retrajo, abrazándose las rodillas—. Ya está bien.

Su cuerpo temblaba ligeramente, Hamsa se dio cuenta. Sirvió un poco más de té, alargó una mano para alcanzar su *motui,* que colgaba de un gancho sobre su cabeza. Armó en silencio la pipa de kif, la llenó, fumó.

—¿Tú fumas? —ofreció a la cristiana.

—Gracias, sí. —Tomó la pipa, fumó, comenzó a toser—. Tiene tabaco —protestó.

—Tiene que tenerlo —dijo Hamsa, extrañado, y volvió a fumar.

—A ver, pruebo otra vez —dijo la cristiana, y Hamsa le devolvió la pipa. Ahora ella chupó suavemente y no se ahogó—. Es buen kif —reconoció. Dio un sorbo de té.

—Me pregunto —dijo más tarde, pensativa, recostándose sobre las pieles— cuántas plumas tendrá una lechuza.

Era una buena señal, se dijo Hamsa a sí mismo, la cristiana quería. Alargó una mano, le acarició el pie, y ella le dejó hacer. Hamsa le dijo:

—¿Cuántos besos crees que te puedo dar?

—Supongo que muchos —dijo ella.

LV

—¿Doscientos?

—No sé. Dejé de contar.

Hamsa la hizo acostarse en las pieles.

—Espera —dijo ella con firmeza—. Antes soltarás a la lechuza.

—*Uaja, uaja.* —Se levantó y fue a arrodillarse frente al pájaro, cuya cabeza giró para mirarla a ella, que estaba tendida en las pieles de oveja, mientras las manos ansiosas de Hamsa deshacían el nudo que la ataba.

En cuanto estuvo libre, voló hacia un rincón del cobertizo y se posó en un burro de madera, fuera del alcance del pastor. Ululó.

La cristiana dijo:

—Ábrele la puerta.

Pero Hamsa dijo que no.

—Tú se la abrirás, después.

La yuca voló del burro a la puerta, siempre fuera del alcance del pastor, y viró rápidamente para regresar a su estaca. La cristiana miraba a Hamsa, que estaba arrodillado junto a ella. Hamsa se quitó la gandura, se desabotonó los zaragüelles.

—Oh, Hamsa —dijo entonces ella, y se incorporó en la haidora. Miraba con sorpresa el sexo circunciso del pastor, que era enorme.

Hamsa siguió desnudándose.

—¿Qué te pasa? —dijo.

Se había echado para atrás y parecía alarmada. Había una manchita del tamaño de un guisante de color grisáceo y rojizo en uno de los saquitos prietos, que parecían respirar con vida propia. En el centro, donde crecía un pelo, había algo que parecía pus. Hamsa se miró a sí mismo.

—No es nada —afirmó guturalmente—. Vamos, desvístete.

—Hamsa, lo siento, de verdad. Me harías daño con eso.

—De un salto, la mujer se puso de pie.

—Ven acá —dijo Hamsa, tratando de agarrarla por el brazo.

—Hamsa, lo siento, no puede ser. Quédate con la lechuza. Perdóname. Me voy.

—¡No! —Hamsa intentó agarrarla, pero la mujer lo eludió.

La yuca, entonces, voló para ir a estrellarse en la tela sobre la puertucha, y la mujer corrió detrás de ella, levantando al mismo tiempo el pullover y las zapatillas.

Hamsa dio sólo unos pasos fuera del cobertizo, medio desnudo como estaba, y se detuvo apretando los puños, mordido por un dolor carnal.

La lechuza describió un círculo volando bajo alrededor del corral y el cobertizo del pastor antes de bajar hacia los acantilados. Voló contra un viento fuerte bordeando los peñascos hacia la parte más oscura de la tarde. Vio dos halcones a la entrada de sus nidos en las grietas de las rocas. Se detuvo a descansar sobre el tejado de una casita rosada que colgaba de un acantilado sobre el mar. El viento era demasiado fuerte para seguir volando contra él. Había gente en la casita. Se lanzó al vacío y voló con el viento hacia la luz que moría donde terminaba la tierra y sólo estaba el mar. Remontó el vuelo al pasar sobre el cobertizo del pastor, y, desde lo alto, alcanzó a ver a la mujer, que ya se había calzado y andaba deprisa por el filete de hierba que bordeaba el camino asfaltado entre los muros. Se elevó hasta la cumbre del monte y vio, en la distancia, las luces vidriosas que iluminaban las colinas cubiertas por un manto de casas blancas que se perdían entre los pliegues del campo sediento y agrietado. Bajó para volar sobre las copas de los árboles hacia una casona abandonada en medio de un bosque tupido. Entró por una ventana y fue recibida por los gritos de los pájaros que ya anidaban allí. Re-corrió la casona volando de cuarto en cuarto por los pasillos hasta que encontró una hendidura conveniente en la pared áspera y oscura de un desván, donde faltaban algunas tejas y las tablas del piso estaban rotas o completamente podridas.

# El tren a Travancore
(Cartas indias)

*Para Maga, Maria y Monik*

I

# A la novia

Te escribo desde Madrás, hoy en día llamada Chennai, «la ciudad de los ojos rojos» (culpa del aire, que está muy contaminado). Hace sólo cuarenta y ocho horas que llegué, y de éstas he dormido veinte de un tirón, en una casa de huéspedes bastante cómoda, y cara, que me recomendó la azafata de Lufthansa, una chica muy simpática, nacida en Chennai. «La identidad no es un problema indio —me dijo a propósito de nada—, es un problema europeo». Dentro de poco tomaré un *auto-rickshaw* (un triciclo motorizado y con capota para dos pasajeros, el modo de transporte más práctico en esta apretujada, ruidosa, calurosa ciudad) para ir a visitar el *ashram* de la Sociedad Teosófica, donde me gustaría alojarme. Fue Francesco Clemente quien me lo dijo: a menos que seas millonario y estés dispuesto a vivir en un hotel de estrellas, y por lo tanto a años luz de contacto con la población local, sólo en un ashram se puede vivir decentemente en la ciudad de Chennai.

Chennai es tan alegre y cálida como Escuintla o Puerto Culebra, pero amplificados en una pesadilla maltusiana. Esta superabundancia de gente me ha hecho imaginar que la degradación de la vida en general es proporcional al número de almas que *pululan*. Los colores son tan brillantes como los de cualquier ciudad tropical de este milenio. De noche las calles se convierten en selvas de carteles luminosos en inglés y en los ensortijados caracteres con que se escribe la lengua tamil. Los olores son únicos, propios de la India. En una misma cuadra flotan, se entremezclan, pelean, desaparecen y reaparecen las esencias de flores, el orín, el sándalo, la bosta, el agua putrefacta de las alcantarillas o de la bahía de Bengala, el ajonjolí tostado, el té, que aquí se llama *chai,* los azahares, el excremento humano, el café, el cardamomo. Los motores de los rickshaws y las motocicletas hacen un ruido abrumador. El rugido del tráfico de las grandes avenidas llega hasta las calles secundarias a través de extensos edificios de múltiples salidas. Y los cuervos están, y gritan, en todos lados; dicen que prácticamente han expulsado de las ciudades de la India a las demás aves, aun a los buitres.

La comida es deliciosa. Dentro de muy poco vamos a disfrutarla juntos, ¿no?

*

Ayer almorcé en un peligroso restaurante, que por la fachada parecía inofensivo. Después de comer un excelente *masala dosa* —una especie de crêpe gigante rellena de papa— tuve la mala idea de visitar el baño, y para eso era necesario atravesar la cocina. Una caverna enorme ennegrecida con el humo de varias estufas y hornos (de bosta) donde hacía un calor infernal. Unos veinte cocineros y pinches trabajaban allí, todos desnudos salvo por un *dhoti,* el taparrabos que usan los hombres en el sur de la India, cubiertos de sebo y sudor, que goteaba visiblemente de sus cuerpos a las verduras que picaban o a la pasta que amasaban o a los calderos de bruja llenos de arroz que revolvían con grandes cucharas de madera. Mi apetito de comida india ha disminuido considerablemente.

*

Si te sueno a guía turística es que he estado leyendo las que hay acerca de esta parte de la India, y el estilo se me habrá contagiado.

Hannuman, mi *rickshaw-wala,* me llevó a comer anoche a un restaurante llamado El Rodeo. Los camareros indios estaban vestidos de *cowboys,* algunos con la estrella de *sheriff* en el chaleco americano, y todos con pistolas de cartón piedra en sus pistoleras. La India es un país proteico, ya se sabe, y sin embargo puede parecer monótono.

Hannuman pertenece a una subcasta de rickshaw-walas. (Eso quiere decir que un miembro de otra subcasta, la de choferes de taxi, por ejemplo, aun si estuviera muriéndose de sed, no aceptaría un vaso de agua de manos de Hannuman, en el improbable caso que éste se lo ofreciera.) Después de la cena, me invitó a tomar el té en su casa. Vive con su madre, que es viuda, en el distrito de Egmore, cerca de la Gran Estación de los Ferrocarriles del Sur. El enclave donde se encuentra su casa es una isla rural en medio de la ciudad. Se entra por un portalón de finca antigua, y de pronto es como si la ciudad moderna quedara muy lejos y estuvieras en el campo. Las casas son minúsculas, bajas, como de muñecas, y a cada puerta hay un tiesto con albahaca y un dibujo de *kolam* fresco en el piso. En las calles hay cabras y monos macacos y niños jugando. Se ve uno que otro carro de bueyes, algún rickshaw y bicicletas, pero ningún automóvil. La casa de Pasmadi, la madre de Hannuman, es lo que se dice una tacita de plata, pulcra y ordenada. La impresión de suciedad que yo tenía de la ciudad de Chennai quedó momentáneamente borrada al entrar allí. Me parece que las amas de casa indias emplean buena parte de su tiempo y energías en mantener la suciedad puertas afuera.

He visitado Adyar (o Río Ady, pues en tamil *ar* quiere decir río), un jardín tropical de unas ciento cuarenta hectáreas, que comprende la orilla sur de la desembocadura del río. Si la obra teosófica ha sido olvidada en el resto del mundo, aquí será recordada todavía durante algún tiempo gracias a este maravilloso jardín y a la conservación del estuario. Para solicitar alojamiento allí sin convertirme en teósofo he tenido que redactar una carta con alguna mentira que tal vez algún día —nunca se sabe con estas cosas— se convierta en verdad: estoy aquí para escribir la biografía de una poeta y teósofa guatemalteca olvidada, de nombre María Cruz, que vivió en Adyar durante dos años a principios del siglo xx, la edad dorada de la sociedad. Dejó muy poca obra: un breve poemario de discutible mérito; traducciones de algunas páginas de Baudelaire, de Poe y de Mallarmé; y una admirable colección de cartas escritas (en francés) desde la India —la mayoría de ellas fechadas en Adyar—, publicadas en París al año de su muerte. (María Cruz murió en París, unos meses después de su estancia en Adyar.) He leído hace poco las cartas, que llegaron a mis manos por casualidad (mediante R2D2 Taracena), y gracias a eso pude escribir una solicitud que ojalá sea convincente.

No creo que sea necesario leer *todo* lo que se ha escrito sobre la India para comprenderla, como dices que dije alguna vez. En cualquier caso, ya he caído al agua y nado con las pocas fuerzas que tengo para no hundirme. A propósito, he estado leyendo un clásico de poesía mística tamil con el hermoso título de *Himnos para los que se están ahogando.*

¿Cuándo vendrás a salvarme?

\*

*I felt my foot within the citadel,* como dijo aquél. Sí, ¡he penetrado Adyar! Me alojo (y te espero) en las legendarias Leadbeater Chambers de la Sociedad Teosófica, ¡donde tantas cosas han pasado! Aquí, por una parte, germinaron las primeras ideas de la independencia india; aquí se fundó la primera escuela para parias de la India; aquí llegó a desarrollarse el sistema Montessori. Por otra parte los teósofos fueron, digamos, los pioneros de la supermerca-dotecnia espiritual. Aquí comenzó a cavilar Rudolph Stei-ner sobre la antroposofía. Aquí se han inventado el plano astral, la fotografía astromental de pensamientos y emo-ciones, las técnicas modernas de la clarividencia y la levi-tación. Aquí descubrieron C. W. Leadbeater y Annie Be-sant la misión mesiánica de J. Krishnamurti (quien luego la desmintió, pero no importa). Claro, todas esas cosas son sueños del pasado, y sin embargo en Adyar se respira to-davía cierto aire de generosidad o de delirio de grandeza espiritual.

Leadbeater Chambers es el nombre de un gran edificio neoclásico color crema de tres pisos, con cielos ra-sos muy altos y amplios corredores con arcadas. Desde el segundo piso, donde queda mi cuarto, pueden verse, por entre las copas de los árboles, la desembocadura del río y, más allá, el mar.

Sí, la playa, ¡la costa de Coromandel!, está cerca, pero es una playa muy sucia. La recorrí ayer por la tarde, y hoy al amanecer. Está sembrada de cocoteros y uno que otro pino tropical azotado por los monzones. La arena es blanca con vetas grises, parece mármol pulverizado. Don-de termina la propiedad de los teósofos había varios cata-maranes (catamarán quiere decir barco en tamil) alistán-dose para hacerse a la mar. Estos catamaranes son, más que barcos, grandes balsas hechas de cinco troncos atados con cuerdas de palma. Miden unos veinte pies por cuatro, y rematan en una proa muy elevada. Son impulsados por remos, o con motores indios marca Lambadi de tres caba-llos, que tienen una pata de tres metros de largo y han sido especialmente concebidos para ser manejados de pie. Un pescador me invitó a acompañarlo, y cometí la impruden-cia de aceptar. Al echarlo al mar, el catamarán hizo mucha agua —y el agua tenía la temperatura de la sangre—, pero el pescador ni se inmutó. Cruzando la rompiente, una ola me arrastró hacia la popa, y estuve a punto de caer al agua. Terminé, literalmente, entre las piernas de Vasu, que así se llamaba aquel pescador. A unas cinco millas de la costa Vasu y su ayudante, Sandip, comenzaron a tender las redes, que, unidas unas con otras, medirían por lo menos un cuarto de milla de largo. Sandip las iba calando poco a poco, mientras Vasu maniobraba el catamarán para describir un semicírculo. En silencio, nos pusimos a esperar, fumando *bidis* de eucalipto y helados por la brisa que parecía provenir de un enorme Sol saliente. Los pescadores, que antes de zarpar se habían puesto los dhotis en la cabeza a modo de turbantes, ahora se los quitaron para abrigarse las espaldas. Media hora más tarde, Sandip recogió las redes. Pesca paupérrima: tal vez una docena de una variedad de camarones grandes que aquí llaman *tiger prawns,* tres o cuatro peces coco (cuya carne es deliciosa) y varios peces sapo, henchidos y crujientes. A éstos Vasu —después de desenredarlos con pericia mientras explicaba que eran plaga y que con sus poderosos dientes destruían sus redes— los inmolaba. Uno tras otro, sin piedad y con una sonrisita asesina, los estrelló contra el borde del catamarán.

A la vuelta, todo a lo largo de la playa había una hilera de hombres en cuclillas de cara al mar; estaban defecando sobre la arena, mientras un ejército de cuervos revoloteaban por encima de sus cabezas al olor del desayuno. Después de hacerse un ligero lavado de asiento en la orilla, los hombres iban a reunirse unos metros playa arriba en grupos de cuatro o cinco, para jugar a las cartas.

Sin duda hice mal mis cuentas, y el dinero comienza a faltarme. ¿No podrías depositar en mi cuenta del Banco del Oro lo que te dejé para pagar a la señora de la limpieza? Hoy mismo voy a mandarle una nota de despido.

*

He ido varias veces ayer y hoy a revisar mi buzón electrónico (no muy lejos del ashram hay una ciberestación), con la esperanza de encontrar noticias tuyas, pero nada. Pasado mañana, que es sábado, voy a un pueblecito pocos kilómetros al sur de Chennai, llamado Mamalapuram. Hay un festival de danza tamil que me gustaría ver.

¿Pasa algo? ¿Ya no me quieres? ¿Por qué no sé nada de ti?

*

Nuestra conversación telefónica de hace unas horas ha cambiado las cosas, y ya no sufro la paranoia que notaste. Lo que te dije a las seis de la tarde de hoy (cinco y media de la mañana para ti, ¡lo siento!, pero *tenía* que encontrarte) ya no tiene validez; que sirva de prueba del delirio amoroso que sufrí durante la última semana por la falta de noticias.

Escribe.

P. S. Gracias por el depósito. Si de verdad no te causa problemas, acepto los mil dólares que me ofreciste; me caerán de perlas.

*

Mil gracias por el depósito. Los cajeros automáticos funcionan maravillosamente.

Te escribo desde Mamalapuram —ciudad de templos labrados en las rocas—, donde anoche vi, al aire libre, mi primer ciclo de danza tamil. (El estado de Tamil Nadu y Guatemala están en la misma latitud, pero me pareció que aquí hay muchísimas más estrellas.) Un antiguo mural labrado en una superficie vertical de roca viva, donde se representa el famoso preludio de la batalla del *Bhagavad Gita*, servía de telón de fondo. Es curioso, pero este monumental cuadro de piedra hace pensar en un producto de los estudios de Walt Disney. Hay aves de distintas especies, elefantes con sus crías, monos y gatos en posiciones de yoga y hasta ratones parados en dos patas.

Creo que disfrutarías viendo una de estas danzas de origen religioso que narran historias de héroes y dioses, en las que el cuerpo de los bailarines, con campanillas en la cintura, los tobillos y las muñecas, es utilizado como instrumento de percusión. Abundan las muecas absurdas y expresivas y los gestos cómicos o dramáticos estilizados (que representan los nueve estados de ánimo definidos por la estética india: el amor, el sufrimiento, la ira, la valentía, el miedo, la alegría, el asco, el asombro y la quietud), todo en obvia sincronía con la música de *vinas*, címbalos y tambores. Apostaría a que tus amigos los coreógrafos calificarían esto, ¿o lo descalificarían?, como «técnica de Mickey Mouse».

Después de la función, fui a dar un paseo por el pueblo. Como era sábado (y encima Pongal, la festividad tamil más importante) Mamalapuram estaba lleno de gente de Chennai. Familias de todas las castas y varias subcastas (cuyo indefinible y ascendente número tiende a setenta mil); pandillas de niños y adolescentes estrenando vestiduras y con las marcas ceremoniales del *puja* en la frente; cuadrillas de brahmines jóvenes dedicados a la caza de turistas, que afluyen estos días a Mamalapuram; bandadas de intocables, antes llamados *chandala*, o sea «fieros» o «comedores de carne», que ahora se llaman *harijan* (que quiere decir «hijos de Vishnu» en hindi) o *dalits* («oprimidos») y cuyo contacto —pese a que la constitución india abolió hace más de medio siglo «la práctica de la intocabilidad en cualquier forma»— todavía hay quienes lo consideran deshonroso. «Asociarse con ellos es malo, porque te vuelves tan impuro como ellos —me dijo un joven comerciante de Cachemira que tiene una tienda de tejidos en Mamalapuram—. Pueden atraer la mala suerte, o causarte accidentes y problemas».

¿Cuándo me vas a escribir?

\*

Me encantaría que pudiéramos encontrarnos a medio camino en España o en Italia, no hace falta decirlo. Pero ¿estás segura de que no quieres, o no puedes, dar el salto hasta acá? Creo que estarías muy a gusto en Adyar. Mi habitación es muy espaciosa, como ya te conté. Los techos son altos y hay dos vetustos pero eficaces ventiladores de grandes aspas, como los del hotel del Norte en Puerto Culebra, así que, aunque afuera hace calor, dentro la temperatura es ideal. La habitación está dividida en dos por medio de cortinas. De un lado están la cómoda y la cama, dura, grande, con mosquitera. Del otro lado hay un viejo escritorio de caoba, una librera y una estera de esparto, para los ejercicios de meditación. Fuera, los corredores son tan amplios que emplean a tres mujeres para barrerlos; usan unas escobas de mango corto que parecen colas de caballo. Da gusto verlas avanzar una junto a otra a paso lento con sus saris de colores vivos como flores de buganvilla, conversando en voz baja por el interminable corredor, mientras los cuervos gritan y se mueven bruscamente en el aire más allá de las arcadas. La vista es maravillosa en todas direcciones: el vasto jardín con higueras de Bengala centenarias —a cuya sombra hace un siglo Annie Besant y Leadbeater y, por qué no, tal vez también María Cruz, tomaban el té— y palmeras y muchos árboles cuyos nombres he averiguado pero que ya olvidé. Supongo que ciertos atardeceres el color de las nubes sobre la bahía de Bengala debe de ser el mismo que el que vieron Krishnamurti niño o María Cruz poco antes de morir. Desde el otro lado del río llegan los cantos religiosos de un templo hindú al atardecer, y luego las llamadas de un muecín, que exhorta a los musulmanes a postrarse en oración.

Los teósofos son inofensivos, no te preocupes. Nadie ha intentado, hasta ahora, convertirme. Si las absurdas creencias que propugna la doctrina ocultista no impiden a los adeptos conducirse con decencia y les sirven de consuelo, ¿qué de malo puede tener la teosofía? Hay varios indios en Adyar, pero los teósofos pueden venir de cualquier parte —ahora mismo residen aquí varios extranjeros: dos alemanes, dos eslovenos, cinco italianos, tres norteamericanos, una mexicana y un brasileño. La semana próxima vendrán algunos australianos y neozelandeses y una señora de Singapur. Mi interacción con ellos se limita a mi asistencia esporádica, en calidad de oyente, a unas charlas sobre el misticismo en lo que ellos llaman la «Escuela de la Sabiduría», fundada hace más de un siglo por la formidable madame Blavatsky. El maestro de la sabiduría es un joven australiano regordete y de ojos saltones con bastante oratoria y eventual inspiración. Si se pusiera pechos falsos y un poco de maquillaje, sería la viva imagen de madame Blavatsky. (Medio en broma, el otro día me dijo que yo podría ser la reencarnación de María Cruz.) Se dedica día tras día a predicar, con acopio de citas —desde el Kempis, Meister Eckhart y Ramón Llull hasta Aldous Huxley, pasando por san Juan de la Cruz, santa Teresa, Martin Buber y William Blake— a los conversos de Adyar.

Los «coloquios de la sabiduría» tienen lugar en una sala oval con varios balcones, que está dividida en dos. En el lado occidental, generosamente alfombrado para que se sienten los «discípulos» y con cuatro otomanas para los «adeptos», se cantan himnos devotos y se medita. En la parte oriental hay varios pupitres de madera, una pizarra y el escritorio del maestro, cubierto con un mantel azul celeste, donde siempre hay un florero pequeño con flores amarillas. Las ventanas, altas y arqueadas, permanecen abiertas, y dejan entrar una brisa fresca con los hedores del río. Se oyen los gritos de los cuervos, los lejanos martilleos de un herrero, y, de vez en cuando, los recios *¡hey!* de un jardinero que arrea una hermosa búfala blanca (cuyos largos cuernos con cascabeles en las puntas se curvan hacia afuera y luego hacia adentro hasta casi formar una circunferencia) con su carro cargado de hojas secas recogidas por los senderos de Adyar. Entre la incesante red de cuervos que alborotan el aire del otro lado de las ventanas vi una vez un destello verde que me causó una felicidad inexplicable. Era sólo un perico de cola larga, que se posó un instante en la barandilla del balcón.

Todo esto para decirte que espero que puedas, y quieras, venir. Europa, como te expliqué hace unos días por teléfono, me resulta imposible en este momento por causas profesionales. ¡Piénsalo otra vez y ven!

\*

No sé si creerte completamente. Yo sé lo que siento por ti; no me queda más que esperar que lo que tú sientes por mí no sea demasiado diferente.

Soy como un personaje de una de mis propias historias, escrita hace muchos años. Un prisionero que escribe varias cartas a alguien que jamás se digna contestarle. Pero el simple hecho de escribir produce cierto placer, de modo que te sigo escribiendo.

Ayer tuve una extraña conversación con el maestro. Su físico es bastante repulsivo, y sin embargo cuando discurre acerca de las cosas ocultas (aunque no creas en ellas, aunque no las entiendas) es difícil que tu atención no quede atrapada, aunque sea sólo momentáneamente, en las redes de su retórica. El tema de la plática había sido el tiempo, o tal vez la eternidad, no recuerdo bien. Durante la pausa del té fui a preguntarle:

—¿Usted no cree que algún día la Tierra se convertirá en el «vasto cementerio giratorio» que Unamuno describió?

—De ninguna manera.

Volvimos a hablar de María Cruz. Su muerte repentina a los cuarenta escasos no deja de intrigarme. Le mostré al maestro el retrato que aparece en el epistolario, y él insistió en que su alma podría haber encarnado en mí. Le pregunté si me permitirían explorar los archivos de la sociedad. Como respuesta recibí una mirada fría llena de desconfianza y un rotundo NO.

En una de sus cartas, ella habla de hacerse construir una casa en Adyar, como lo hacían en su tiempo los teósofos adinerados. Si había destinado fondos a la construcción de esa casa y... Sueño, sin duda.

Todo está callado en Adyar, menos una rana de árbol o un grillo (y, ahora mismo, un gecko, cuya risita los indios dicen que es anuncio de buena o mala suerte, según cuándo y dónde se la oiga) mientras escribo este mensaje en la computadora y me pregunto cuándo me escribirás.

## A un viejo amigo

Qué bien que internet haya llegado por fin a Baja Verapaz. Salamá podría ser un nombre árabe, y los indios no saben, a menos que trafiquen en cardamomo, dónde queda Guatemala.

Rosario no ha venido todavía.

Hay muchas indias muy guapas, pero te informo que la típica es más recatada que muchas monjas, y los indios son muy celosos de sus mujeres, así que me dedico a la lectura. Ya he leído todos los libros sagrados, que son la única clase de libros que se encuentran en la biblioteca de Adyar, el ashram donde vivo, así que ahora leo por las mañanas *The Hindu* de principio a fin, sin excluir los anuncios personales. Es curioso, pero casi todas las anunciantes (el noventa y nueve por ciento de los anuncios han sido enviados por mujeres) son bonitas, inteligentes y de piel clara. Cierto, la mayor parte de los anuncios no han sido redactados ni pagados por las pretendientes mismas, sino por sus progenitores, pero digo que es curioso porque estoy en el sur de la India, y aquí la gente es bastante morena. («Los tamiles color chocolate», los llamó una compatriota bienintencionada. Y una enciclopedia moderna los define así: «De raza melanohindú, los tamiles son de estatura mediana, dolicocéfalos y mesorrinos, de cabellos negros y abundantes, ojos grandes y pupilas oscuras».) La mayoría de los anuncios niegan o pasan por alto los prejuicios de casta, pero casi todos exigen que quien responda sea «persona de posición». Casi invariablemente piden, además de una foto, el horóscopo o la carta astral de los correspondientes. No he contestado ninguno, todavía.

Aquí, rodeado de teósofos e hindúes como estoy, resulta imposible no pensar acerca de la metempsicosis o la transmigración. Vos, en alguna de tus vidas pasadas, debiste de ser tamil. Prácticamente todo es negocio para ellos, igual que para vos.

Investigué acerca del cardamomo, como me pediste en la anterior. En Pondy Bazar, quizá el distrito comercial más importante de Chennai —un enredo de calles, pasajes y callejones abarrotados de tenderetes y almacenes—, el kilo de la mejor calidad vale mil rupias, o sea unos veinte dólares. (Si no me equivoco, eso es más del triple de su precio en la tierra del quetzal.) Intenté hablar por teléfono con Mr Malikarjuna Rao, tu contacto aquí en Chennai, pero por lo visto el número que me diste no es el bueno, o ha cambiado. El nombre sí es conocido (me pregunto si será hindú o musulmán), así que espero localizarlo un día de éstos. No es ninguna molestia. Hasta me parece una sana distracción.

\*

Ser chofer en la India, de un auto-rickshaw o de un taxi Ambassador Nova (made in Kolkata), pudo ser tu destino. Los conductores indios no reconocen la línea divisoria en medio del camino, y las pistas parecen maravillosamente elásticas. Desde luego que hay accidentes, pero parece incomprensible que no haya muchos más. Se maneja, básicamente, a bocina. La bocina más potente, o la más obstinada, tiene la preferencia. A menudo hay intercambios de miradas un poco hostiles entre los pilotos; muy raras veces, intercambio de insultos. Tocar la bocina no es una agresión, es una especie de cortesía, requerida por la etiqueta local. Casi todos los vehículos de cuatro ruedas llevan atrás un letrero que dice: «Toque la bocina por favor». Para ahorrar espacio en el camino, en Chennai casi ningún automóvil tiene retrovisores externos. Los rickshaws usan bocinas de viento que hacen un ruido como graznido de cuervo o grito de perico. Al principio esto puede parecer divertido.

Las interminables carreras de auto-rickshaws en las arterias principales y los frecuentes pasos a desnivel de la sobrepoblada y futurista ciudad de Chennai me han hecho pensar en aquellas películas de educación sexual que nos pasaban los jesuitas del liceo, en las que se representaban las carreras de espermatozoides hacia el óvulo. Hay que ver la variedad de payasadas en que los rickshaw-walas incurren en su obsesión por adelantar. Esto tienen que hacerlo salvando obstáculos en forma de vacas sagradas, o búfalos de agua paseantes o echados, o cerdos de hocico largo que buscan su sustento entre los incesantes botaderos de basura, o cabras que viven de restos de papel o cartón —periódicos, bolsas, el ocasional cuaderno de cuentas o de apuntes—, o astrólogos itinerantes, o vendedores de frutas tropicales o de algodones de azúcar (rosados o celestes, idénticos a los de la Aurora) o de remedios ayurvédicos, o mendigos e inválidos de todas las edades y una que otra persona desnuda. Creo que te divertirías.

¿Te acordás de aquella vez, todavía en el liceo, cuando hablábamos de lo que queríamos hacer de nuestras vidas? Yo te dije que si uno quería lograr algo de lo que nos interesaba entonces (hacer cine, pintar, componer música, robar un banco, secuestrar a una belleza millonaria) debíamos comenzar a trabajar en eso sin demora.

—En una de mis próximas vidas —me contestaste—. Yo no llevo tanta prisa.

Manera de ser hindú, *Oh secret Brahmin!, oh Tamil's son!*

*

Es interesante lo que decís acerca de la demanda en Guatemala de pájaros miná. No contés con mi ayuda para el negocio de *import-export*. Temo que me acarrearía mal karma, y no creo que mis cansados hombros puedan con más, por el momento.

De todos modos, por si querés cargar con la culpa, te mando un poco de información. No hay que confundir al pájaro miná común *(acridotheres tristis)* con el *hill myna (gracula religiosa)* que es el que habla. Copio para tu instrucción lo que dice una guía ornitológica acerca del *a. tristis:* «Se asocia con los humanos, tanto en las aldeas remotas como en las grandes ciudades. Es muy adaptable y sumamente oportunista, y su falta de especialización le ha hecho exitoso en alto grado». ¡Parece que se refiriera a vos!

Sí, hay una casta que se dedica a hacer pasteles de estiércol de vaca o de toro. Los «pasteles» son hechos a mano. Los secan al sol y los utilizan como combustible para estufas y cocinas. No hay que olvidar que para los hindúes el ganado vacuno es sagrado, de modo que sus excrementos son percibidos como algo puro, una bendición. Aunque el procedimiento es económico, prácticamente inodoro y, sobre todo, natural, dudo que pegue, como decís, en Guatemala. Vos probá, si te parece.

En cuanto tenga más noticias acerca del cardamomo te avisaré.

*

Siento mucho saber que entraste en otra fase depresiva —hacía años, según yo, que no te pasaba. Si fuéramos todavía jóvenes te diría que algún pecado estás pagando, que sufrís porque querés, o algo por el estilo. Ahora me gustaría sobre todo darte ánimos. Seguramente se trata de un trastorno fisiológico. De nuevo, quince o veinte años atrás no se me hubiera ocurrido decírtelo, pero ¿no te convendría consultar a un especialista? Yo, a Dios gracias, nunca he tenido que hacerlo, pero a más de un amigo le he oído decir que existen hoy en día medicamentos para el alma que funcionan de maravilla, creas en ella o no. Por otra parte, estoy de acuerdo con vos: el trabajo suele ser la mejor medicina. ¡Vaya mierda!

He podido investigar un poco más acerca del cardamomo. Podés creer que estás prestando un servicio a la castigada humanidad del Indostán exportando tu preciado cardamomo. Los indios lo cultivan en grandes cantidades, pero la creciente demanda interna es enorme y ya no se dan abasto. Lo que me contaste es verdad: la semillita es milagrosa para combatir la flatulencia, un mal que aqueja a esta milenaria y malherida civilización. Debe de ser la dieta vegetariana a base de productos lácteos y leguminosas. Lo cierto es que los hindúes —no así los musulmanes indios ni los parsis ni los cristianos (salvo, me temo, tu persona)— han perdido completamente la vergüenza a producir en público el «incómodo sonido», del cual aborrecemos nosotros, descendientes de las razas inmoladoras de animales, como ellos nos llaman. Hasta V. S. Naipaul, ese implacable crítico del cuerpo humano, escribe alguna vez sobre «*the innocence of the fart*».

Este acto fundamentalmente vegetativo se ejerce a veces de manera hostil. El otro día en la biblioteca de Adyar, la bibliotecaria —una rancia señora envuelta en un sari muy colorido— se enojó conmigo por la cantidad excesiva de libros que había apilado sobre la mesa de lectura. Al ver que, en lugar de obedecer sus órdenes enseguida y ponerme de pie para ir a devolver los ya consultados, yo seguía absorto en mi lectura, se dio la vuelta y dejó escapar tres ventosidades (bastante ruidosas) en dirección a mí. La próxima vez en cuanto esta señora se me acerque pienso ponerme de pie, para evitar que mi nariz permanezca en la línea de fuego.

Así pues, hermano tamil, no te deprimas, que vender cardamomo a estos idólatras es agradable a los ojos de Dios.

Parece que el procedimiento que sugiere tu nuevo comprador potencial es el corriente. Te pagan la mitad al hacer el pedido, y el resto al recibir la mercancía. Con mucho gusto te serviré de intermediario.

*

La atención, la contemplación y la meditación son más eficaces para obtener la clase de razonamiento que libera que ninguno de los otros medios descritos, como: no matar, no robar, no codiciar ni fornicar, *Oh wise and learned Brahmin!* Y vos no meditaste sin semilla, como diría el amigo Patanjali. Los siete *lakh* de rupias (catorce mil dólares, más o menos) han ingresado en nuestro banco. Ya podés despachar la mercancía.

# Al editor

Espero que comprendas que no quiera mandarte todavía el *work in progress,* como lo llamas ahora. Tu idea parece buena para una trama secundaria, pero he tenido que descartarla. El médico y la profesora universitaria, francamente, no caben en esta historia. Aunque la nota periodística es auténtica, creo que restaría verosimilitud al resto de la trama. La causa se conoce actualmente en el Tribunal Supremo de Chennai. (Como decorado cinematográfico podría interesarte: un imponente edificio de inspiración victoriano-sarracena de color sangre y con cúpulas orientales construido a finales del xix; según una guía local, es el palacio de justicia más grande del mundo, después de las Cortes de Londres.) Los cargos son los que te dije: fraude, secuestro y asesinato. El dúo tenía una agencia de viajes en Uzbekistán, y se especializaban en giras turísticas al sur de la India. Varios de sus clientes no llegaron más allá de Chennai, donde fueron operados y muertos por el médico, que les extraía órganos vitales para venderlos a una red de cirujanos del sureste de Asia.

No te preocupes, que no he olvidado todavía que hay un límite de tiempo. Guardo, como me has pedido, recibos y facturas de mis gastos principales, que espero que la editorial me reembolse, por supuesto. Lo del billete de primera clase Nueva Delhi-Chennai puedes comprobarlo fácilmente. No olvides que era la víspera de Año Nuevo, y *todo el mundo* parecía estar de viaje. Cito un periódico local: «Todos los días a las horas punta hay más indios en los trenes de la India que norteamericanos en tierra estadounidense», para que te hagas una idea de lo que quiere decir aquí un día de mucho tráfico.

Creo que fue Felipe Ingenieros, tu predecesor, quien me contó que un escritor de *best-sellers* argentino, con quien llegaría a enemistarse, le dijo un día que le parecía extraño que hubiera tantos escritores pobres, y ningún editor desacomodado. El difunto Ingenieros le respondió, creo que con razón, que eso sería porque para editar libros hacía falta tener dinero, y en cambio para escribirlos, no. Llevaba razón, hasta cierto punto: no hace falta dinero para escribir un libro, pero sí para vivir, debió contestar el argentino. La extensión del adelanto que te pido no es un capricho. Los precios han subido mucho en esta parte del mundo desde la última vez que hicimos cuentas. Confío en tu capacidad de comprensión y en tu generosidad.

*

Es irrelevante cuán increíble te parezca lo que te dije durante nuestra conversación de ayer, que terminó tan bruscamente. (Te hablaba desde un teléfono público, como sabes, y en la cabina el ruido y el calor eran insoportables.) De todas formas, esto no es una novela sino la realidad, así que el problema de la verosimilitud no me preocupa (y dudo que le preocupe al caballero de allá arriba, si es que sigue allí).

He tenido que hacerme un nuevo par de anteojos de sol. Quizá has notado que los uso siempre; no es por vanidad. «Fotofobia uveítica» es el término médico. Fui operado de catarata hace diez años y desde entonces llevo una lentilla plástica injertada en lugar de cristalino. Creo que guardo todavía en algún sitio los informes médicos donde consta que en 1991 fui operado en el Hôtel-Dieu de París; te los mandaré, si quieres (cuando mi pesadilla tamil haya terminado). Estuve ciego durante la mayor parte del tiempo que me tocó en suerte residir en París. Si al ya maduro y sabio Borges le dieron «a la vez los libros y la noche», a mí Alguien me trató todavía peor: me dio la Ciudad Luz a los veinte años y dos parches que no me pude quitar de la cara hasta volver a Guatemala.

Todo este lamento sólo para explicarte que no se trata de un gasto cosmético, como dijiste. Necesito esos anteojos de sol. Es cierto que la marca que he escogido es bastante cara, pero, sobre todo cuando se trata de asuntos de salud, aprendí hace años que lo barato suele salir caro. Así que perdona que ponga en cuenta de la editorial estos mil dólares adicionales.

Un cuervo entró en mi habitación por una ventana mientras me duchaba y robó mis anteojos, es la simple y ridícula verdad. Ya en 1937, Lanza del Vasto hablaba de «los rapaces y ubicuos cuervos de la India»; y no hace mucho Norman Lewis escribió: *«Crows were the only thieves in Goa».* Asimismo en Chennai. ¡Piensa que pudieron llevarse también mi cartera!

\*

No estoy haciendo turismo. Investigo. Este pueblo está a escasos cuarenta kilómetros de Chennai. Es el Coney Island, el Brighton Beach de Tamil Nadu. Su nombre en hindi es Mahabalipuram, pero hoy se llama «en lengua dravídica» Mamalapuram, como le expliqué a una hippie mexicana en el cibercafé desde donde te escribo. «No mames», se rió.

Aquí tuve la suerte de ver a un grupo de los espectaculares *hijras,* la casta de los castrados. Se visten y actúan como las mujeres. Además de ser excelentes bailarines, viven de la prostitución. Dicen que algunos son ladrones de niños. Cuando ven a uno que da muestras de homosexualidad o de hermafroditismo, intentan sustraerlo de sus padres, para castrarlo después. ¿Por qué?, cabe preguntar. Para prolongar su linaje, es la cruel, lógica respuesta. Según un breviario antropológico publicado hace menos de un siglo la operación —usualmente ejecutada por un hijra barbero— es bastante simple. Requiere una navaja bien afilada, una bacinica grande, que, invertida, sirve para sentar al paciente, y un poco de aceite de sésamo hirviendo para cauterizar la herida. Algunos hijras se convierten en religiosos y trabajan y viven en los templos. Los hay que tienen poderes curativos y llevan vida de santos.

¿Te interesa el material?

*

¡Cuánto te agradezco que por fin decidieras escuchar mis ruegos!

¿Sabías que el nombre sánscrito de este imprevisible país al que me enviaste es Bharata Varsha, que según William Q. Judge, el teósofo, quiere decir «tierra de trabajos y austeridades»?

Mi determinación es no salir del ashram donde me he recluido hasta terminar el librito que te debo. Ya tengo, si no te parece mal, un título tentativo, para la versión inglesa al menos: *Such is their Story in the South*. Cuéntame qué piensas al respecto.

# Al ahijado

Me alegra saber que lo pasaran tan bien con los abuelos para las vacaciones de fin de año. Siento mucho lo del accidente de tu hermanito. Verlo caerse del techo del bungalow debió de ser increíble.

Con mucho gusto intentaré responder a tus preguntas acerca de la India. Por las preguntas que hacés, veo que has leído más mitología y libros religiosos indios que yo. Pero ya he comenzado a indagar en la biblioteca de la Sociedad Teosófica, donde creo que hay material suficiente para satisfacer tu curiosidad. ¡Me siento orgulloso de tener un ahijado tan inquisitivo!

Los dioses hindúes cambian con frecuencia de aspecto y de nombre y aparecen representados de maneras distintas, lo que da lugar a confusión. Todos pueden tener muchos brazos, piernas y cabezas. Así que fijate bien en la figura que querés que identifique: los objetos que tiene en sus manos, qué le cuelga del cuello o la cintura, las cosas que la rodean, dónde pisa o dónde está sentada o, si se encuentra en movimiento, qué vehículo o animal sirve para transportarla.

También acerca de la política contemporánea estás más enterado que yo, que uso la red sólo como correo y no navego nunca. Los periódicos locales no son la mejor fuente de información acerca de los problemas fronterizos, desde luego. No dudo que lo que decís acerca de Cachemira sea verdad.

Hace un par de noches fui a ver *Mission Kashmir* (Mumbai, 2000), que me hizo reír bastante. Una mezcla absurda de película de guerra, telenovela mexicana y comedia musical. Nacionalismo sentimental exacerbado. En cada largometraje indio, ya sea una comedia, una tragedia o una película de acción, te pasan por lo menos quince numeritos musicales, lo que resulta tedioso a cualquier neófito. Pero como el público tamil exclama, ríe, canta y hasta llora con los protagonistas, y además no es raro ver ratas enormes recogiendo la basura de los pegajosos suelos de las salas de Chennai, en el cinematógrafo local nunca falta distracción.

El otro día me enteré de que algunos niños dalit tienen la costumbre de juntar dinero para pagar la entrada al cine al más elocuente y memorioso entre ellos, quien tiene la misión de ver atentamente la película y grabarla en su memoria, para después poder contarla con todo detalle a sus camaradas.

Es cierto también lo que leíste acerca de la central nuclear que está en la costa de Coromandel, pocos kilómetros al sur de Chennai. A ver si no uno de estos días el pueblo tamil o los cuervos, que comen de todo, empiezan a sufrir mutaciones o alguna enfermedad desconocida. Ya te contaré si observo algo. (Exagero un poco, pero mejor si no contás nada de esto último a tu madre. La conozco, y comenzaría a bombardearme con discursos para que me aleje de aquí.)

*

Lo dice todo el mundo: para los indios la mitología es más importante que la historia. Según Max Müller, a finales del XIX había tres mil trescientas treinta y nueve deidades hindúes, así que no me pidás una lista completa.

Encontré en el libro del abad Dubois un pasaje que podría interesarte:

Las suturas craneanas en forma de sierra son, ni más ni menos, la escritura del dios Brahma, y en esos caracteres indelebles trazados por la mano divina se encuentran los decretos definitivos que rigen el destino de cada ser.

Es una lástima que la (improbable) lectura de esas inscripciones no pueda iluminar al más interesado. A propósito, qué bueno que tu hermanito se haya recuperado y que su cabeza esté bien.

Me ha llamado la atención la manera como los columnistas (o calumnistas, como decís que les dicen ahora allá) de todo el mundo, desde los semidioses del *New York Times* hasta los infragatos del *Siglo XXI,* de *El Periódico* o del *Hindu,* se dedican a atacar a las mujeres independientes que defienden alguna causa ecologista, como tu querida tía. Aquí en la India el azote joven de los poderosos se llama Arundhati Roy. Hace poco publicó un ensayo contra la construcción de una gran presa hidroeléctrica que inundaría una vasta región del norte del país y desplazaría a miles de familias muy pobres. Los argumentos de sus detractores no son parecidos, son idénticos, a los que han gastado contra tu tía los turiferarios guatemaltecos. Y no sólo los argumentos son los mismos, lo son también los insultos: la Roy, igual que tu tía, es tildada de extremista de izquierda, de extremista de derecha, de alarmista, de histérica, de mentirosa. Dicen aquí —igual que allá— que la nación necesita «desarrollo». Pero la India ya está desarrollada: produce desde fibra de coco hasta fibra óptica, desde el mejor té hasta los cócteles antisida más baratos del mundo, desde automóviles y películas hasta petróleo y armas nucleares. Y sin embargo...

(A mi regreso te enseñaré el vídeo que, recién llegado y como un turista cualquiera, tomé a todo lo largo de una de las vías principales de esta gran ciudad, una avenida interminable parecida a la calzada Roosevelt. La gente vive apretujada en covachas construidas sobre las aceras, y podés ver en pleno día a hombres, mujeres y niños bañándose a guacalazos o con mangueras, afeitándose o haciendo sus necesidades en público a la orilla de la calle.)

No hay que tenerle miedo al ridículo, ésa es quizá la lección más valiosa que he aprendido en la India.

P. S. Voy a investigar acerca de los satélites indios.

Muchos dalits son jugadores empedernidos, como los niños. Se los ve a cualquier hora en las aceras, en pareja o en grupos de cuatro, a la sombra de una gran cartelera o debajo de un paso a desnivel, moviendo piezas de piedra en tableros de parchís o de ajedrez trazados con el dedo sobre el polvo de la calle.

\*

Los mandalas son dibujos circulares que simbolizan el universo. Los dibujos que los hindúes hacen frente a sus casas con yeso o con polvo de arroz se llaman *kolam* aquí en el sur y *rangoli,* creo, en el norte. Pueden parecer mandalas; no siempre son circulares. Se supone que atraen a Lakshmi, la diosa de la prosperidad. La albahaca es sagrada para los hindúes. Los indios que andan de la mano no son necesariamente homosexuales; es una costumbre milenaria.

Me parece muy buena la idea de que vengas a visitarme, aunque comprendo que tu mamá se oponga. Pero si decidís venir, podés contar con mi secreto. El que hayás ahorrado lo suficiente para pagarte el billete me parece prueba de madurez, como decís. Aquí se consiguen billetes mucho más baratos que allá, por cierto. Si te interesa, veré si es posible comprar uno aquí y luego hacértelo llegar. En cualquier caso, no olvidés que para obtener el visado lo más práctico es ir a París. (Además, así tendrías un buen pretexto para conocerla.) Si querés, cuando llegue el momento te daré direcciones de amigos que seguramente podrían alojarte algunos días.

\*

El dinero para tu billete llegó, pero no te lo he comprado todavía. Conviene esperar a que la temporada alta termine; te saldrá mucho más barato. Aparte de eso, confío en que podrás entender que, para las fechas que anunciás, me sería muy difícil recibirte y atenderte como quisiera. Creo que te aburrirías en Adyar, donde tendrías que alojarte, si venís dentro de un mes. La gente que vive aquí, los teósofos, hacen pensar en curas y en hermanas de la caridad. Pese a lo que predican, si no sos uno de ellos, si, por ejemplo, no creés (o no fingís creer) en los *mahatmas* —maestros espirituales que vienen a visitarte en sueños o en visiones con noticias del más allá— es poco probable que se dignen incluirte seriamente en su conversación. El edificio donde vivo recuerda un poco la casona de la finca del abuelo, y también huele a viejo, así que probablemente activaría tus alergias.

Dentro de un mes o dos habré salido de aquí, y tengo ganas de hacer un viaje por Kerala, que está todavía más al sur y es famoso por sus santuarios de tigres y sus playas. ¿Tal vez podrías atrasar tu viaje para entonces?

P. S. La revista *Time* (12/III/01) asegura que en el país se rinde culto a unos trescientos millones de deidades; pero si lo dice *Time,* es probable que no sea cierto, ¿no?

\*

Recibí tu último mensaje, muy breve, por cierto. Supongo que, ahora que ya no tenés colegio, con los juegos de Nintendo y la búsqueda jardinera de insectos y reptiles no has tenido tiempo para escribir. Lamento que no podás atrasar tu viaje; así es la vida. Pero por favor no creás que he querido engañarte o que no me gustaría recibirte. En verdad, la vida en Adyar no es para un niño de trece años.

Me parece muy bien lo que escribís al final: todo suele ser para mejor.

# A los padres

No les escribí desde Barcelona ni desde París porque, en verdad, no tuve tiempo. Tardé tres días —como siempre— en adaptarme al cambio de horario, y luego estuve del tingo al tango con citas con editores y agentes y —como dice papá— con las ineludibles amistades. Intenté llamarlos desde París, pero no los encontré: me enteré por medio de Manuelito, con quien nos estamos cruzando mensajes, que se fueron al Río Dulce a pasar las fiestas. Me imagino el susto que se llevaron con la caída del bebé. Pobrecito, pero por fortuna no llegó a fracturársele el cráneo.

Como ven, ya estoy en Chennai. No se preocupen, por favor, que los teósofos son buena gente, y yo estoy muy bien de salud. El otro día cometí la locura de dejarme conducir por un *pandit* a un estanque sagrado en el centro de la ciudad. De entrada, lo hacen a uno descalzarse para descender por los *ghats,* que así se llaman los escalones que llevan hasta el agua, donde los devotos hacen el *puja,* una elaborada ofrenda ceremonial. Debí de estar en vena mística, porque obedecí al pie de la letra al bendito pandit: me hizo recitar los nombres de mis antepasados (y esto los involucra a ustedes) para bendecirlos, sacrificar un coco, lanzar pétalos de flores y granos de arroz al estanque y, por último —antes de marcarme la frente con una pasta azafranada— me instó a beber tres veces seguidas de aquella agua verde y asquerosa, donde miles de personas acuden diariamente a hacer sus abluciones. Algunos te explican que esta agua se mantiene pura a pesar de todo, por milagro o por una supuesta radiación iónica proveniente del subsuelo. De modo que bebí tres gotas (me pareció lo mínimo para no echar a perder la ceremonia) y supongo que, a no ser que en realidad el agua aquella se mantenga pura, esas gotas actuaron a modo de vacuna y ahora soy inmune. Esto ocurrió hace tres semanas, y, hasta ahora, mi estómago se mantiene incólume. Tal acto de entereza o de imprudencia me valió el aprecio del pandit, que me otorgó el privilegio de visitar el santuario de un importante templo de Shiva en el norte de Chennai, donde por lo común se admite sólo a los creyentes. (Así como en Marruecos me tomaban por magrebí, aquí puedo pasar por tamil, al menos ahora que me he asoleado bastante.) Descendimos por un estrecho túnel de caracol, donde estuve a punto de sufrir un ataque de claustrofobia, pues íbamos en medio de una apretadísima cola de devotos indios que hacía impensable cualquier intento de avance rápido o retirada. El santuario era una cámara circular donde se respiraba un sofocante aire de baño turco con olor a flores, a sudor humano, a incienso, a pies y a mantequilla rancia. Varios pandits dirigían el copioso flujo de devotos para hacerlo circular en espiral hacia el centro del santuario, donde se erguía un falo gigante, un *lingam* de granito de metro y medio de alto. Entre cánticos sagrados y reverencias, el sumo sacerdote y dos asistentes (un hombre y una mujer albinos, obesos, semidesnudos) se dedicaban a untar el divino miembro con *ghee,* la mantequilla líquida de los indios. Al cabo de unos minutos de frotamiento, le vaciaban encima una vasija cuyo contenido de leche o crema era imposible no asociar con una eyaculación. Esto era el fin del rito. Luego lavaban el lingam con agua de flores, lo secaban escrupulosamente, y de nuevo a empezar. El rito fecundizante por excelencia. A juzgar por el aplastante triunfo (¿o desastre?) demográfico de la India, Shiva es un dios cumplidor.

No tengo teléfono ni número de fax por el momento. Si obtengo uno (lo dudo) se los daré. Por de pronto, seguiré usando el electrónico. Comprendo que sea molesto para ustedes usar la computadora de Manuelito, pero a todo hay que adaptarse, como enseña la India.

A XX

Estimado amigo, me alegra mucho que mi última novela le gustara tanto como dice. La dirección postal que le dieron en la editorial es correcta, pero ahora no estoy en Guatemala, sino en el sur de la India. Es posible que pase por París en mi viaje de regreso a Centroamérica. Me gustaría mucho ver la casa de que me habla. Tiene una historia muy interesante y divertida y debe de ser hermosa, con esas pinturas y frescos.

*

Me pide usted impresiones de la India. ¡Hay tantas cosas específicamente indias! Estas noticias, de la segunda página del prestigioso *New Indian Express,* con fecha de hoy, pueden servir de muestra.

### AMENAZA SIMIESCA
Miles de macacos siembran el desorden en la Capital al invadir *en masse* las oficinas del gobierno, donde han robado la comida de los funcionarios y destruido numerosos documentos.

### UNA PANDILLA DE PERROS DROGADICTOS
### INTERRUMPEN EL TRÁFICO EN LA CARRETERA
### DHAKA-BANGLADESH
El tráfico fue totalmente interrumpido ayer por la mañana en la región fronteriza por tres perros callejeros que se intoxicaron durante la noche lamiendo

grandes cantidades de jarabe para la tos derramado cerca de la estación ferroviaria de aquella ciudad.

\*

Tiene usted razón: me gustaría escribir un día un libro «serio». Pero ya lo intenté cuando era joven, y fracasé. De joven me empeñaba en parecer serio y a menudo fingía estar triste. Supongo que confundía la tristeza con la seriedad. Ahora me divierto inventando tramas, y dicen que las tramas no pueden engendrar arte serio. En fin, estoy convencido de que toda forma de escritura es vana. Y además, y finalmente, yo no escribo: sobrevivo.

Ya que me lo ha pedido, le mando estas «estampas» de Chennai.

Entre dos mesas con sombrilla junto a la piscina del Cosmopolitan Club, un cuervo devora tranquilamente, con los movimientos delicados de un mandarín, las entrañas de un ratón.

Al lado de un antiguo crematorio hindú con tres piras de piedra, un campo sembrado de flores destinadas a hacer guirnaldas votivas y a cubrir a los muertos de pies a cabeza, antes de que sean entregados a las llamas.

\*

Supongo que la editorial necesitaba, o creía que necesitaba, producir un libro acerca de una de las metrópolis indias. No creo que me eligieran porque mi pluma fuera la más adaptable de la plantilla, como usted amablemente sugiere, creo, me temo, que tengo un estómago más robusto que el de mis colegas y que fui destinado a la India por esa razón.

La estampa de hoy: un grupo de siete *sadhus* o santones ambulantes, sus escasas pertenencias a lomos de un elefante con la frente pintada con lapislázuli y bermellón, que acarreaban por el centro de Chennai el olor dulce y penetrante de los circos.

*

Hoy le escribo desde un pueblo de escultores en piedra, donde, en ciertos momentos, el repiquetear de los incesantes cinceles que cascan el mármol o el granito hace pensar en una orquesta de gamelán.

A espaldas del pueblo hay una colina de roca color elefante, que es el dios Ganesh tendido de costado. En el declive, hay una roca esférica excéntricamente equilibrada que los indios dicen que es la bola de mantequilla con que el niño Krishna jugó (o juega todavía y para siempre).

Toda la noche se oyó el mantra obsesivo de un grillo, cuya notita solitaria se confundía con los chirridos del ventilador. Era la luna llena. A lo lejos, los aullidos de un chacal.

II

## A la novia

Claro que puedo explicar mi largo silencio. Tuve un accidente de tránsito. Comprendo que te cueste creer que ocurriera justo el día que recibí tu último mensaje.

Será doloroso separarnos, dices; nos habíamos hecho demasiado familiares. No cabe duda. Pero qué ironía.

«Lo que se convierte en familiar es tu enemigo, pues la familiaridad engendra desprecio.» Meister Eckhart.

¿Ofendido? No. Te lo digo sin falso orgullo, sin falsa humildad.

«Sólo pueden quitarnos lo que no es realmente nuestro.» Un argentino.

Las desgracias no vienen solas. Parece que así es la vida, ingrata.

# Al editor

Tengo que dar gracias a la llamada providencia y a los médicos ayurvédicos de la clínica frente a la cual me accidenté (y no a las compañías de seguros, que no se hicieron cargo porque los auxilios que me prestaron no eran «*English*») por seguir con vida, cuando pude ir a parar al Annie Besant Electric Crematory, que no está lejos de Adyar.* Y a ti te agradezco infinitamente la celeridad en el envío para los gastos médicos, que sin eso estaría literalmente viviendo en la calle, donde viven tantos millones de indios.

Cuando te ocurre alguna desgracia los hindúes te dicen que era tu karma, que a veces significa destino, a veces culpa, a veces mérito. «*It was their karma.*» Así explicó públicamente un ministro enemistado con los gujaratis hace unos días el gran terremoto en Gujarat; así explicaron en 1999 otros funcionarios públicos los devastadores ciclones que azotaron la provincia de Orissa. Murieron unas cien mil personas y más de un millón quedaron sin abrigo: estaba previsto, *it was their karma.*

Ya lo ves, todas aquellas notas estaban condenadas a la no existencia, para usar una expresión típicamente hindú. Que te sirva de consuelo pensar que esa novela que no llegué a escribir no tocará, «no podrá tocar jamás», tu karma.

---

* Son las instrucciones que, en caso de muerte, he dejado a mi «ángel guardián» de www.ultimosdeseos.org.

## A los padres

No se alarmen, por favor, pero esta vez les escribo desde un hospital, donde he pasado las últimas semanas. Como podrán imaginar, he pensado mucho en ustedes, pero hasta ahora no he tenido ni las energías ni la claridad mental (gracias a los calmantes) como para ponerme a escribir. Todavía estoy en cama, con uno que otro hueso roto, pero contento de estar vivo. El accidente ocurrió en una alameda que entronca con el puente del río Ady, muy cerca del ashram, lo que facilitó las cosas. No fue culpa del rickshaw-wala. No sé muy bien qué pasó; como las experiencias místicas, los accidentes de tránsito son «instantáneos, inefables, intransmisibles». Les cuento lo que recuerdo: yo venía de cenar en el Taj Coromandel —una vez a la semana me permitía ese modesto lujo, para romper la rutina culinaria de Adyar y beber un poco de vino indio (excelente por cierto, hecho en las provincias de Maharashtra y Kerala por enólogos franceses), y para ver a una bailarina tamil que presentan allí casi todas las noches— muy alegre y satisfecho. Un búfalo de agua surgió como enloquecido de una calle lateral y embistió contra el rickshaw, sin más. El rickshaw-wala murió en el acto: el parabrisas de plexiglás lo degolló. Yo terminé despatarrado entre dos árboles, encima de un montón de basura. El búfalo, un gran animal negro, se quedó a media calle, la lengua fuera, la mirada perdida. Babeaba sangre como toro de lidia en el último trance y sacaba espuma roja por la nariz. Lo vi desplomarse, supongo que muerto, y perdí el conocimiento. (Más tarde me enteré de que esa noche, a la hora del accidente, hubo un ligero temblor de tierra, y quizá eso explica la arrancada del búfalo.) Algo absurdo, doloroso, pero lamentablemente real. Los grandes dolores, a Dios gracias, ya pasaron.

*

Sí, es una suerte que Manuelito no estuviera aquí. Pero si hubiera estado, tal vez yo no habría ido aquella noche al Taj... Como me dijo uno de los teósofos que vino a verme ayer, ¡debe de ser mi karma! Muy amablemente me han ofrecido guardarme una habitación (ahora en el primer piso) en la residencia del ashram para cuando salga del hospital, y me permitirán convalecer allí el tiempo que sea necesario. (Pagando el cuarto, por supuesto.)

Los doctores todavía no han querido decirme qué consecuencias resultarán del accidente. Mencionaron la posibilidad de que tarde mucho en volver a usar las piernas. Esto me parece increíble, sobre todo porque ya no siento dolor alguno a pesar de las fracturas. Estoy enyesado de cintura abajo y de vez en cuando sufro picazones por el calor, pero eso es todo. Lo bueno del asunto es que ahora tendré todo el tiempo que quiera para leer y así probablemente aprenda acerca de este lugar mucho más de lo que hubiera aprendido estando sano y todo el día de un lado para otro.

*

Estoy de vuelta en Adyar. (Mi nuevo dormitorio es muy amplio y fresco, y me recuerda los cuartos del Tular.) Les escribo desde mi computadora portátil, y, lo que es una innovación, desde una silla de ruedas.

Ya que me lo preguntan, el seguro no ha pagado mis gastos médicos hasta ahora, porque la clínica a la que me llevaron la noche del accidente no es «inglesa», sino ayurvédica, y por lo tanto no está avalada. De modo que es probable que la broma me salga mucho más cara de lo que pude imaginar. La operación que los médicos indios, los doctores Karthik y Chitra, proponen para que yo recobre el uso de mis piernas no es tradicional tampoco (de hecho, según me ha explicado el doctor Karthik, se trataría de una especie de experimento), por lo cual la aseguradora se niega categóricamente a respaldarla.

Pero no se preocupen que, ¡piernas aparte!, estoy muy bien. Como decía el abuelo, saludos a quienes pregunten por mí.

*

Por favor, desistan de la idea de venir a verme. En verdad, estoy bastante bien. La gente me trata de manera excepcional. Me sirven la comida en mi cuarto, y un chico dalit (exintocable) me ayuda pacientemente con el baño, la parte más entretenida de mis días.

El maestro que enseña en la Escuela de la Sabiduría de la Sociedad Teosófica vino a verme la otra tarde. Su explicación acerca del aspecto sexual de mi desgracia es que en alguna de mis vidas anteriores debí de ser un *vadhryasva* o castrador de caballos. Le pregunté si era posible que, en otra vida, un hombre de hoy hubiera sido un caballo castrado. Trabó en el techo sus ojos de carnero, y nos quedamos oyendo el grajear de los cuervos. Iba a responder algo, pero se contuvo y se limitó a asentir enfáticamente con la cabeza.

Lo que han oído acerca de Rosario (¿por medio de su madre?) es verdad: y es comprensible, además. Las cosas ya no iban muy bien entre nosotros, aun antes del accidente.

*

Ya no podré tener hijos. Pero no hay que entristecerse; nunca quise tenerlos, no lo olviden.

He vuelto a visitar a los doctores.

No se trataría de ninguna cura milagrosa (aunque éstas ocurren aquí en la India con más frecuencia que en otros sitios). Técnicamente, la operación implica un trasplante «no tradicional» de médula ósea. No puedo entrar en detalles acerca de procedimientos que yo mismo no llego a comprender, pero se supone que, si todo sale bien, volvería a ser una persona «normal». Los médicos que me ven tienen mucho prestigio, no sólo aquí en Chennai, sino también en Malasia, Singapur, y hasta en África Oriental, de donde acuden pacientes regularmente para recibir tratamiento o hacerse operar.

\*

Mil gracias por el envío de dinero, que llegó hoy. No me había atrevido a pedirlo, pero créanme que lo necesitaba. Ahora es sólo cuestión de rezar con mucha fe. Siento que mi breve experiencia teosófica me ha preparado en cierta manera para esto.

Ya me puse en contacto con mi amigo de Salamá. Está muy apenado por la forma en que les habló. Dice que no quiso ofenderlos. Estaba perturbado —y no le faltaba razón, con el dineral que le hice perder— y se negaba a creer que lo del accidente fuera verdad. Lo de que yo era un ladrón asegura que no recuerda haberlo dicho. Pide perdón. Por fin comprendió que fue una cosa del destino, que no fue culpa de nadie.

Es la época de los monzones, pero este invierno apenas ha llovido y los meteorólogos predicen con alarma un año de sequía. Si después de su gira por el norte decide visitar Tamil Nadu no deje de avisarme. Es cierto que estoy aquí para trabajar. Pero.

*The Hindu,* primera página:

### CEGADOS

Los ojos de dos individuos fueron extraídos por una turba enfurecida en la aldea de Durjan en Bihar el pasado sábado. El comisario general Mr R. R. Ram dijo hoy que los ojos de Mr Subbash Yadar y Mr Nirma Yadar del caserío de Bacauna fueron sacados por un grupo de habitantes de Durjan. Punto final.

P. S. Según el último censo indio —«un ejercicio complejo e imperfecto», como lo llamó hoy el *Express News Service*— hay más de 1.012.395.931 de seres humanos en la India; existen unas 68.000 categorías de casta, de las cuales sólo 7.331 han sido incluidas en la lista oficial. Un lugar ideal para perderse.

\*

¡Qué sorpresa! No, no me parece una broma de mal gusto. Entiendo que lo ha hecho por «cautela instintiva», y le aseguro que me parece muy bien. Espero, eso sí,

que el asunto no dé otra vuelta y que cuando la vea mañana sea en avatar de mujer.

Conozco el hotel Pandian. En auto-rickshaw puede ponerse aquí en menos de media hora, de modo que la
espero para cenar. Cualquier wala sabe dónde queda la Sociedad. Daré su nombre a los guardias de la entrada.

El menú es estrictamente vegetariano. Y, en mate-
ria de horarios, la disciplina es férrea. La mesa se sirve a las
seis.

Como ahora, con la luna llena, las noches son muy
claras, si quiere después de la cena daremos un paseo por
el espléndido jardín.

*

Te llamé por teléfono por la mañana y a mediodía al
Pandian, pero habías salido. Confieso: anoche te mentí.
Mis piernas y demás miembros no funcionan como funcionan gracias a ningún milagro. Nunca han dejado de hacerlo. Lo del accidente me vi obligado a inventarlo por razones
más editoriales que literarias, si permites la distinción.

Cuento con que hayas decidido aceptar la invitación para ir juntos a Kerala. Como te expliqué, he anula-
do compromisos —literarios y otros— y tengo mucho
tiempo. En cuanto al dinero, ya te lo dije: los gastos corren
por mi cuenta.

## Al viejo amigo

Disculpá el largo silencio. No se trata de ninguna broma; ya lo quisiera yo. Tuve un accidente grave, casi mortal. Si hace falta probártelo, tengo una silla de ruedas, respaldada por una sentencia médica que dictamina que, a no ser por un milagro, la necesitaré para el resto de mis días. Ya sé que fue un abuso, pero no tuve otro remedio que usar el adelanto de Mr Malikarjuna para cubrir los gastos de emergencia. En cuanto pueda se los reembolsaré. Más grave aún es que me haya sido imposible ir al puerto a reclamar la mercancía, como estaba previsto, y me temo que se ha extraviado. No todo está perdido todavía. Estoy investigando. Espero que el envío estuviera asegurado.

*Namaskarán!*

P. S. Acerca de Rosario, intentaré ser «como el árbol de sándalo, que perfuma el hacha que lo destruye».

## Al ahijado

¡Gracias por la tarjeta de convalecencia! Claro que voy a devolverte el dinero del billete, cuando regrese a Guatemala. Sin duda todo ha sido para mejor. Te ahorraste un accidente de rickshaw.

A XX

Los astros no me han sido avaros en materia de dinero —no mediante las letras, como podrías creer—, pero ¿a qué engañarnos? Te daré detalles y tal vez te haga más confesiones en el tren a Travancore.

*Adyar, febrero, 2001*

# Sobre el autor

**Rodrigo Rey Rosa** nació en Guatemala en 1958. Después de abandonar la carrera de Medicina en su país, residió en Nueva York (donde estudió Cine) y en Tánger. En su primer viaje a Marruecos, en 1980, conoció a Paul Bowles, quien tradujo sus tres primeras obras al inglés. En su obra, traducida a varios idiomas, destacan los libros de relatos *El cuchillo del mendigo* (1985), *El agua quieta* (1989), *Cárcel de árboles* (1991), *Lo que soñó Sebastián* (1994, *nouvelle* seguida de relatos cuya adaptación cinematográfica dirigida por él mismo se presentó en el Festival de Cine de Sundance del 2004), *Ningún lugar sagrado* (1998) y *Otro zoo* (2005) —reunidos, junto a algunos relatos inéditos, en el volumen *1986. Cuentos completos* (Alfaguara, 2014)—; y las novelas *El cojo bueno* (Alfaguara, 1995), *Que me maten si...* (1996), *Piedras encantadas* (2001) y *Caballeriza* (2006) —reunidas en *Imitación de Guatemala. Cuatro novelas breves* (Alfaguara, 2013)—, *El material humano* (2009), *Severina* (Alfaguara, 2011) y *Los sordos* (Alfaguara, 2012), además de *La orilla africana* (1999) y *El tren a Travancore* (2002), que, junto a *Lo que soñó Sebastián,* se recopilan en *Tres novelas exóticas.* Ha sido traductor de autores como Paul Bowles, Norman Lewis, Paul Léautaud y François Augiéras. Su obra le ha valido el reconocimiento unánime de la crítica internacional y, entre otros, el Premio Nacional de Literatura de Guatemala Miguel Ángel Asturias en el 2004 y el Premio Siglo XXI a la mejor novela extranjera del año otorgado a *Los sordos* por la Asociación China de Literatura Extranjera en el 2013.